JAZZ EN DOMINICANA

LAS ENTREVISTAS 2023

FERNANDO RODRIGUEZ DE MONDESERT

Ukiyoto Publishing

All global publishing rights are held by

Ukiyoto Publishing

Published in 2024

Content Copyright © **FERNANDO RODRIGUEZ DE MONDESERT**

Cover Art by **Guillermo Mueses**

Corrections by **Alexis Mendez**

Author's Photograph by **Pedro Bonilla**

ISBN 9789362693655

All rights reserved.

No part of this publication may be reproduced, transmitted, or stored in a retrieval system, in any form by any means, electronic, mechanical, photocopying, recording or otherwise, without the prior permission of the publisher.

The moral rights of the author have been asserted.

This book is sold subject to the condition that it shall not by way of trade or otherwise, be lent, resold, hired out or otherwise circulated, without the publisher's prior consent, in any form of binding or cover other than that in which it is published.

www.ukiyoto.com

Dedicatoria:

Dedico esta obra al amor de mi vida, mi querida esposa Ilusha, quien ha sido mi gran apoyo, consejera, inspiración y sobretodo … mi amiga. A Sebastián, Renata y Carlos Antonio, quienes me motivan a dar más y ser mejor cada día. A Alexis, Guillermo, Pedro y César, quienes desinteresadamente han colaborado con esta publicación; así como a cada uno de los 9 entrevistados.

Ha sido nuestra intención que a través de estas entrevistas brindemos al lector una mirada a los talentosos actores que son una parte esencial de la escena del jazz actual en nuestro país, la República Dominicana.

Es por todos ustedes y por el jazz en nuestro país, que estos esfuerzos se hacen y se seguirán haciendo, con mucho amor, entrega y pasión!!

Agradecimientos:

En el 2006 Jazz en Dominicana comenzó como un medio digital enfocado en informar sobre la dinámica del jazz en la República Dominicana; a través de los años se ha convertido en un proyecto que ha realizado una labor de promoción y desarrollo de nuestros talentos, en el país e internacionalmente. Estoy muy agradecido de los músicos (los de ayer, los de hoy y a los del mañana); del gran público que sigue el jazz; de los establecimientos que han sido y son centros de presentaciones; de las marcas que patrocinan y creen en este género; de los medios escritos, digitales, radiales y televisivos; y de los grandes amigos por su apoyo y respaldo.

Agradezco a la Ukiyoto Publishing por creer que un blog de jazz y en español, pudiera tener un contenido de calidad, pudiera motivar a que ellos me invitaran a entregar un sexto título, siendo éste el quinto de la serie Jazz en Dominicana - Las Entrevistas. El mismo recopila las entrevistas publicadas en la página (blog) de Jazz en Dominicana en el 2023.

Por último quiero agradecer al gran equipo humano que me acompaña en esta labor de amor hacía el jazz ellos son productores, técnicos de sonido, ilustradores, diseñadores, fotógrafos, colaboradores y más; personas especiales quienes siempre están prestos para el próximo evento, proyecto y aventura jazzística.

A todos, mi más profundo agradecimiento y reconocimiento.

Prólogo

Persistir, continuar, serían los verbos; persistencia, continuidad, serían los atributos aplicables a Fernando

Rodríguez De Mondesert. Años manejándose con una idea central, en varios campos, en múltiples escenarios: Promover el jazz, exponer el jazz, escribir sobre el jazz. Abriendo, para nuevos y añejos, variados espacios donde darle oportunidad de expresarse a los músicos.

Persistir, obstinadamente, plasmar continuamente nuevas historias, conociendo y respetando los precursores. Manejarse desde la nada, en ocasiones, con o sin apoyo comercial. Sin respiro, permanecer, perdurar, encadenar.

Fernando, el escritor, nos presenta otro de sus libros donde se ha manejado entrevistando varias de las figuras ligadas al jazz en la República Dominicana: promotores, músicos, informadores, protagonistas. Hace años que apreciamos la sapiencia de su letra, la profundidad de sus juicios, la variedad de sus informaciones, todo ello en su Blog. La serie de libros que ha ido editando, con sustento internacional, es la lógica consecuencia de sus años en la escritura.

Apoyar, sería el verbo que nos defina. A nosotros, los del público, los de afuera, los que llevamos años, cual cofradía, asistiendo a sus puesta en escena, los que pueden … aportar comercialmente.

Él, se lo ha ganado.

César Namnúm

César Namnúm (finales 1951)

Músico, escritor y radiodifusor dominicano. Estudió música y teatro en la escuela de Bellas Artes de San Juan de la Maguana. Ha publicado ocho libros de cuentos literarios.

Diciembre del 2023

Un libro con música para escuchar

Como una forma de hacer esta lectura interactiva y didáctica, los textos son sustentados con la inclusión de códigos de respuesta rápida "QR" (Quick Response Code). Este permite escuchar al instante, a través de un teléfono móvil u otro dispositivo tecnológico, muestras de los trabajos de los entrevistados.

Este es un recurso que que conecta a los lectores con los entrevistados.

Descarga un aplicación de lectura de Código QR, disponibles en Google Play Store, si tienes Android, o App Store, si cuentas con tecnología de Apple.

CONTENIDO

Freddy Ginebra	1
Junior Santos	11
Melvin Rodríguez	20
Álvaro Dinzey	26
Luís Ruíz	41
Ángel Rafael Féliz	57
Iván Fernández	79
Bryan Paniagua	91
Eliezer Paniagua	101
A Dominican Jazz Sampler	113
Sobre el autor	115

Freddy Ginebra
----- 1 de 2 -----

Cuando iniciamos "Jazz en Dominicana - Serie Entrevistas" la idea fue la de publicar diversas conversaciones con músicos, y a través de cada entrevista dar a conocer a nuestros lectores los grandes talentos que tenemos dentro y fuera de la República Dominicana. Luego, y para dar una mejor visión de la escena del jazz en nuestro país, fuimos presentando a otros actores en nuestro jazz; personas que participan activamente en educación, producción y medios.

Uno de los importantes actores en el jazz es el Productor, sea éste de festivales, de conciertos, y/o de eventos. Me es un gran honor hacer entrega del intercambio sostenido con Freddy Danilo Ginebra Giudicelli, "Freddy Ginebra" mi amigo, el que dio un empuje para que … bueno lea a continuación:

Apenas nacía Jazz en Dominicana en su papel de medio que informaba sobre el jazz en nuestro país, cuando fui invitado a conocer de cerca el Festival de Jazz de Casa de Teatro (como se llamaba en ese entonces) y en su versión 2007 tuve la dicha de compartir de cerca con su fundador, cada semana disfrutando del compartir de sus experiencias, sueños, sabiduría …su contagiosa felicidad y desbordante amor a la vida a través de las artes. Al poco tiempo del cierre de dicha versión del festival nacía nuestro primer evento, bautizado: Jazz en Dominicana en Casa de Teatro!

Quien en nuestro país no conoce a, o de Freddy Ginebra, el Duende Mayor, fundador de Casa de Teatro, lugar por donde han pasado a través de exposiciones, conciertos y conferencias todas las personas que tienen algo que decir sobre la cultura del Caribe y han surgido algunos de los grandes talentos como cantautores, del merengue, la bachata, la balada, el jazz, el teatro, el arte plástico y la fotografía, entre otros, de esta parte del mundo.

El hoy comunicador, gestor cultural, escritor, actor, periodista, publicista … en fin un hombre de muchos sombreros, que estudió derecho en la Universidad Autónoma de Santo Domingo, para pasar luego a la Universidad de Nueva York donde estudió filología inglesa, ciencias de la comunicación, Kulturadministration y relaciones públicas. Fue Presidente de la Liga Dominicana de Agencias Publicitarias (LIDAP). El embajador de Francia en la República Dominicana condecoró a Ginebra como Caballero de la Ordre des Arts et des Lettres.

A través de las preguntas y respuestas que a continuación compartimos, podremos :ver" un poco de este personaje que a diario "celebra la vida", y nos invita a hacer lo mismo!!

Jazz en Dominicana (JenD): ¿Quien es Freddy Ginebra, según Freddy Ginebra?

Freddy Ginebra (FG): Yo soy un atrevido que no le tiene miedo a la vida. Un hombre que le gustan los retos y que aprendió desde muy pequeño que no hay mayor felicidad que sirviendo a los demás.

Parezco un boy scout, siempre listo a servir. Es mi naturaleza.

JenD: ¿Freddy, como entras al mundo de las artes?

FG: Al mundo de las artes me empujaron, no entre. Yo nací con ese afán, y en mi familia Giudicelli tenia un tío pintor, Paul, que estimulaba mi fervor hacia toda manifestación artística

Desde muy pequeño estuve involucrado en todo lo que fuera arte.

JenD: Hablanos de tu historial como gestor cultural, escritor, publicista.

FG: Comencé en el teatro en el Colegio de la Salle pero ya junto a Ángel Hache hacíamos veladas en el barrio siendo muy niños, y luego donde quiera que me mudaba me robaba una sábana y armaba un teatro.

Las azoteas eran mis preferidas y una cosa fue llevando a otra, teatro en el colegio, luego, accidentalmente entre a la televisión siendo un adolescente con un programa en 1963 en RTVD que se llamó Cita con la juventud, estudiaba y trabajaba, se me presento una oportunidad de entrar como creativo a una agencia de publicidad, y el camino se fue haciendo sin darme cuenta, nací con afán de hacer cosas, es algo que no puedo controlar.

Funde junto a un grupo de amigos La mascara en plena revolución, paralelamente trabaja en otros programas de tv como Gente junto a Hector Herrera, Dígalo como pueda, Wilfrido en vivo, escribí y produje programas para Victor Victor y Sonia Silvestre, luego uno de cine para Armando Almanzar y Cuchi Elias, uno de variedades En primera fila para Telecable, y muchos mas, hasta uno de niños donde actuaba y hasta cantaba llamado Colorín Colorao…en Rahintel.

Casa de Teatro surgió en 1974 junto a Ángel Hache y Rafael Villalona y muchos mas, y muchas otras aventuras de gestión cultural que llenaría paginas.

He tratado de hacer mi vida divertida y me he arriesgado siempre y mucho, algunas veces he perdido pero si saco balance, creo que ha sido todo mas positivo que negativo.

Nunca he sabido lo que es el aburrimiento, he agotado mi tiempo hasta el ultimo segundo.

Me atreví a escribir y publicar un día que me llamaron del periódico El Caribe y ya llevo publicados 8 libros resultado de la recopilación de esos artículos. Celebrando la vida, 5 tomos y Antes de que pierda la memoria 2, y Secretos compartidos, que trata de entrevistas a personas del mundo cultural, espero este año publicar Gente que me encontré en la calle, también de entrevistas.

JenD: ¿Como y cuando nace Casa de Teatro?

FG: Casa de Teatro surge en 1974 cuando a un grupo de amigos les niegan la oportunidad de trabajar en el país por pensar diferente. Los tildaron de comunistas y me piden les busque un lugar para hacer teatro. Era tanta la necesidad de artistas de todo genero de encontrar un espacio para expresarse que la Casa de teatro se convirtió en casa de cultura y todas las manifestaciones se cobijaron en ella. Teatro, pintura, danza, fotografía, literatura, musica, etc.

JenD: Hasta la fecha ¿cual o cuales han sido los momentos de mayor satisfacción en ella?

FG: Todos los días son motivo de satisfacción y fiesta. La casa es un volcán que hace erupción diaria y generalmente surge un nuevo talento en cualquiera de las manifestaciones que me llena de orgullo y gozo.

Es un pequeño universo con las puertas abiertas para toda persona que sin necesidad de apellido o dinero pueda expresarse, solo se requiere atrevimiento y talento, el tiempo se encarga de dar las respuestas

JenD: ¿Que has aprendido a través de los años en estos menesteres?

FG: He aprendido que quien no se a arriesga no esta vivo. He aprendido mas de los fracasos y golpes que de todas las ovaciones, he aprendido que vivir es una oportunidad para crecer, para ser feliz, para encontrar tu razón existencial, para hacer el bien, servir a otros sin importar que no te lo devuelvan. El tiempo es muy corto y siempre supe que solo yo podría lograr lo que me proponía pero que tenia que poner pasión y disciplina para conseguirlo. Ha sido duro pero ha valido la pena.

Con estas palabras terminamos la primera parte de este tan interesante conversao. En la segunda hablaremos del festival y otros relacionados al género.

----- 0 -----

----- 2 de 2 -----

Antes de la versión 2023 del reconocido Santo Domingo Jazz Festival Casa de Teatro, le comentaba Freddy Ginebra a Inmaculada Cruz Hierro del Listin Diario: "Vivo soñando, me levanto por las mañanas y si no tengo sueño me los invento, pero les recomiendo a cada uno de ustedes a que se inventen los sueños. Es realmente triste, en estos momentos, en el país y en el mundo, que el gran mal que está azotando a la humanidad es la tristeza, y la única manera de combatir la tristeza es inventándonos la alegría, y la alegría se inventa cuando uno crea sus propios sueños y se decide a seguirlo, y hace tiempo que yo soy un fabricante de sueños, por más difícil que sea me los invento y ahí están".

Este soñador creó el Santo Domingo Jazz Festival Casa de Teatro en el año 2000 para apoyar el desarrollo de las agrupaciones dominicanas, promoviendo este género musical, permitiendo al público disfrutar del jazz a precios asequibles. También ha servido como trampolín para que otros gestores incurran a en este tipo de evento, y así entre muchos ampliar el descubrimiento y desarrollo de nuevos talentos nacionales e internacionales. Este año se celebró muy exitosamente su vigésimo tercera edición.

Con esta introducción damos inicio a la segunda de dos entregas de la entrevista a Freddy Ginebra:

Jazz en Dominicana (JenD): Vamos ahora al Jazz…¿Como llegas al género? ¿como te ocurre y como inició el Casa de Teatro Jazz Festival, hoy el Santo Domingo Jazz Festival en Casa de Teatro?

Freddy Ginebra (FG): Desde los inicios la casa fue escenario de exquisitos conciertos de jazz, Guillo Carias y su hermana Irma fueron los pioneros, luego se fueron sumando otros, Michael Camilo, el mismo Juan Luis (Guerra), y muchos mas que no recuerdo pero fue hace mas de 20 años que mi hijo se graduó de músico, toca guitarra, y tocaba jazz y me ayudó a hacer el primer festival.

Me encantaría poner todos los nombres de los grupos, ya casi vamos a cumplir 25 años de festival y junio y julio se convierten en una verdadera delicia con los grupos que vienen y nos deleitan

JenD: ¿Que misión o estrategia se ha trazado para que este Festival se haya situado como referente en el país y en el área y haya perdurado por 23 años?

FG: Yo diría que ha perdurado por mi perseverancia. Es difícil mantener nada en nuestros paises, generalmente uno tiende a cansarse por la falta de apoyo pero debo de dar gracias porque con los años, nuestros patrocinadores se han mantenido fieles y aquellos que se han ido han sido substituidos por otros que apoyan el jazz.

JenD: La mayoría de los denominados "festivales" suelen presentar múltiples agrupaciones por varios días ... ¿Por qué en el Santo Domingo Jazz Festival en Casa de Teatro se presenta un solo concierto un solo día por los meses de junio y julio de cada año?

FG: El festival es diferente porque dura 2 meses y cada jueves de esos meses presentamos los grupos, fue algo que se me ocurrió para celebrar el aniversario de la casa que es en julio.

Ha funcionado y ya tiene su publico que lo disfruta y selecciona los jueves que quiere asistir, algunos fanáticos van a todos y se pasan esa temporada en una fiesta de la musica

Los patrocinadores afortunadamente hacen posible el milagro, seria imposible sin ellos.

JenD: ¿Que tipo de balance buscas entre los artistas locales y los internacionales? ¿Que tan difícil es obtener las agrupaciones?

FG: Decidí armar un festival para que todos los años los amantes de este género pudieran disfrutar lo mejor que se producía en el país y en otros países.

Dependiendo del dinero recaudado así las invitaciones. He tenido la dicha de que muchas veces las embajadas me ayudan y España, Estados Unidos de Norteamérica, Francia, Colombia, Inglaterra, Argentina, han dado su apoyo y he podido traer grupos extraordinarios.

Los músicos conociendo que es un festival sin fines de lucro pues ponen precios asequibles y viajan con muy pocos requisitos

JenD: ¿Que quisieras adicionar sobre el festival?

FG: La idea de que fueran dos meses surgió de la intención de que cada semana hubiera un motivo de excelencia para los amantes del genero y que la gente pudiera disfrutar mas tiempo del festival y como ha ido tan bien lo continuo

OPINIONES:

JenD: ¿Que papel juega la prensa (escrita, radial, televisiva o digital) o que importancia tiene para ti, tus proyectos y el festival?

FG: Los amigos de la prensa siempre han colaborado con todo lo que sucede en la casa, no puedo quejarme. Es esencial ese apoyo pues sin ellos pasamos desapercibidos. Ahora con la importancia que tienen las redes sociales, hacemos una campaña intensa por esos medios que garantizan el éxito de nuestro festival

JenD: ¿Como ves el Jazz, a nivel de genero musical, en estos momentos en nuestro país? Como lo ves a nivel comercial?

FG: El jazz siempre al igual que la música clásica sera un gusto adquirido.

Sin embargo es impresionante como han crecido sus seguidores y creo que esto también es debido a que muchos excelentes músicos dominicanos lo interpretan y componen en este género

Además cada vez hay mas conciertos de jazz y mas eventos donde podemos escucharlo.

JenD: Y, ¿que piensas de nuestros músicos?

FG: Yo soy un dominicano orgulloso de nuestros músicos, este país desborda talento y dedicación, lo que nos faltan son oportunidades.

JenD: ¿Que ves como la próxima frontera para Freddy Ginebra?

FG: Soy de los que hace camino al andar, vivo el presente con mucha intensidad, y he dejado que la vida me vaya mostrando el camino, espero llegar hasta donde se pueda y cuando ya no tenga fuerzas para continuar que alguno de mis hijos se ocupe. Mientras he vivido y disfrutado muchísimo produciéndolos

JenD: Freddy, ¿que quisieras adicionar y compartir con nuestros lectores?

FG: Confirmar que la vida sin arte y sin musica no es vida. Todo lo demás excluyendo al amor, es un paisaje que se pierde en el horizonte …Y pudiera confundirnos.

----- 0 -----

Para ti Freddy, de todo corazón gracias por su tiempo, trabajo, dedicación, por su entrega, amor y pasión en todo lo que haces, sobre todo gracias por tu amistad. Es un orgullo y un honor para nosotros tenerlo como amigo, compañero de armas y actor en muchas de las páginas de la historia del jazz ... en dominicana!!

----- 0 -----

Terminamos esta entrega dejándoles con el concierto completo de Rafelito Mirabal & Sistema Temperado en el cierre de la versión 2022 del Santo Domingo Jazz Festival Casa de Teatro. El mismo está disponible en los medios digitales, entre estos YouTube, del cual comparto su enlace a través del QR de arriba.

Junior Santos

A mediados de 2020 me contactó Junior Santos, percusionista dominicano radicado en Canadá, para informarme que próximamente estaría presentando su producción discográfica ConPambiche, la cual fusiona el jazz con el pambiche. Este álbum consta de 11 temas, de los cuales nueve son de su autoría.

Aquel encuentro nos permitió desarrollar una amistad que nos permitió hablar sobre el amor que, ambos tenemos al país y al jazz. Un año después, nos volvimos a tener contacte y compartimos una noticia que nos llenó de alegría y orgullo: CompPambiche había sido nominados en el renglón Jazz

Album of the Year: Solo para los premios JUNO en Canadá (especie de Grammys de dicho país).

A final de 2022 le comenté de mi interés por entrevistarlo, con la intensión de dar a conocer más su trabajo a nuestros lectores, en el país y alrededor del mundo. Esta publicación es el resultado.

Junior Santos nace en República Dominicana. Desarrolló un interés temprano en la música, en medio de los ensayos de la banda de su padre, en el patio trasero de su casa.

De niño comenzó a explorar la música por su cuenta, copiando a los percusionistas que tocaban en los temas. Pronto se dio cuenta de que tenía talento y pasión por el ritmo y entró en la Academia de Música de Puerto Plata, donde le enseñaron teoría musical y aprendió a leer y tocar la percusión.

Él ha sido marcado por la música afro dominicana y afro cubana, así como por artistas de jazz como Steve Gadd, Chick Corea, Yellowjackets y Spyro Gyra. Con 15 años, ya estaba actuando profesionalmente con diferentes bandas en el área del Cibao.

Al llegar a Canadá asistió al programa de música en el Humber College. Junior ha actuado con varias bandas y artistas influyentes en la escena musical de Toronto. Algunas de sus primeras actuaciones fueron con Memo Acevedo, festivales de música en Ontario y en el Festival de Jazz de Montreal. En 1991, co-fundó Dominicanada, la primera banda de merengue en Toronto, la que se hizo muy popular en todas las comunidades latinas de Canadá.

Junior ha estado tocando como músico independiente con muchos artistas canadienses, incluyendo Laura Fernández, Joaquín Nunez Hidalgo, Zeynep Ozbilen, Roberto Linares

Brown, Kalabash y otras bandas de influencia latina, dentro y fuera de Canadá.

En 2017 y 2019, fue galardonado con dos becas de la OAC (Ontario Arts Counsel) Consejo de Arte de Ontario para producir su primer álbum, que contará con los muchos géneros que han influido en su música, mezclando ritmos dominicanos con jazz/fusión contemporánea.

Por medio de estos datos biográficos hemos conocido algo sobre Junior Santos y, con ellos, damos inicio a nuestra entrevista.

Jazz en Dominicana (JenD): Iniciamos preguntando, ¿quién es Junior Santos según Junior Santos?

Junior Santos (JS): Un hombre realista, sencillo y simple. Una persona honesta, trabajadora; comprometida con su familia, hijos y padres. Un amigo leal, siempre dispuesto a dar una mano a quien la necesite. Un apasionado de toda la música, especialmente nuestra música dominicana.

Orgulloso de mis raíces, mi país y mi cultura.

JenD: ¿Dónde naciste y creciste?

JS: Nací y viví en la ciudad de Puerto Plata hasta los 22 años cuando viajé hacia a Canadá.

JenD: ¿Cómo te inicias en la música? ¿Qué fue lo que te interesó en la música?

JS: Crecí viendo a mi padre haciendo música en diferentes lugares en Puerto Plata y siempre estuve rodeado de músicos, ya que mi padre tenía su propia orquesta y en numerosas oportunidades los músicos ensayaban en mi casa y me dejaban participar en sus ensayos desde muy niño. De ahí nació mi interés por la música.

Lo que más me interesó fue la sesión rítmica, específicamente la percusión. Me atraía mucho el ritmo y la energía con la que los percusionistas tocaban. Eso irradiaba en mí una sensación que solo se podía explicar como una ansiedad por querer tocar el instrumento y sentir esa energía.

JenD: ¿Qué te hizo elegir tu (s) instrumento (s) musical (es)?

JS: Creo que desde el primer momento que toqué una tambora, me di cuenta que la percusión era el canal a través del cual yo podía expresar mis habilidades musicales con energía y libertad para demostrar toda mi creatividad musical.

JenD: ¿Qué te atrae de la percusión? ¿Quiénes te han influenciado?

JS: Lo sencillo o lo difícil que puede ser técnicamente. La energía que irradia y el sabor rítmico que le da a un tema musical. La percusión tiene la capacidad de transformar cualquier tipo de música, es inclusiva y puede reunir a gente de diferentes culturas o intereses musicales.

Algunas de mis influencias musicales han sido Steve Gad, Catarey y Changuito por nombrar algunos. Musicalmente hablando The Yellow Jackets, Spyro Gira, Miles Davis, Chick Corea, entre otros.

JenD: ¿Quiénes fueron esos profesores que te ayudaron a progresar y llegar a los niveles que has llegado hoy día? ¿Dónde y cómo fueron tus estudios?

JS: Mis primeros estudios fueron en la academia de Puerto Plata de solfeo y mi primer profesor de batería fue Ramón Solano. También lo fue mi padre Ramón Santos. En percusión lo fueron Jimito y Fernando en Puerto Plata.

En Canadá estudié un año en Humber College, donde tuve varios profesores de batería y percusión.

JenD: Vienes tocando por mucho tiempo, en muchos estilos y géneros a través de todos estos años. ¿Cómo describes estas aventuras musicales?

JS: Han sido interesantes y al mismo tiempo educativas, ya que me ayudaron a ganar muchas experiencias sobre los diferentes estilos. He aprendido de los diferentes músicos, los que me han ayudado a ganar nuevos conocimientos acerca de este hermoso arte que es la música.

JenD: ¿Con cuáles grupos has tocado y qué estilos o géneros tocan?

JS: En República Dominicana toqué con la orquesta de mi padre, Ramón Santos. De vez en cuando tocaba con diferentes grupos en hoteles de Puerto Plata.

Ya en Canadá, comencé a tocar como agente libre, y toqué con grupos como Banda Brava, Orquesta Fantasía, Orquesta Fuerza Latina, Rick Lazar y Montuno Police, Don Nadurlak, Laura Fernández, Caribbean Jazz Project (el tema Kalabash), Arik Arakelyan y muchos otros.

Los géneros musicales que interpretan estos músicos varían entre música latina, salsa, merengue, latin jazz, fusion de jazz con ritmos caribeños y jazz de Armenia.

JenD: De República Dominicana a Canadá, ¿qué significó para ti cada una de esas etapas y que hiciste durante estas?

JS: Significó comenzar una nueva vida con diferentes oportunidades. En República Dominicana yo no pude seguir estudiando música debido a las restricciones económicas. En Canadá pude explorar diferentes oportunidades musicales y estudiar más.

Cada etapa tuvo una importancia significativa en lo que se refiere a mi crecimiento musical y personal. En Canadá, a pesar de que pude estudiar, ya tenía responsabilidades familiares, lo que significó no poder terminar mis estudios musicales. Al mismo tiempo fue una linda etapa ya que me expuse a diferentes culturas musicales lo que no hubiese podido hacer en República Dominicana.

JenD: En el 2020 lanzaste la producción ConPambiche. Háblanos de este trabajo.

JS: La producción ConPambiche es un sueño hecho realidad, donde plasmé muchas de mis ideas. Una de ellas fue agregar el ritmo dominicano, específicamente el pambiche, al jazz.

Al mismo tiempo quería dar a conocer nuestra cultura dominicana en Canadá, llevarla a una audiencia anglosajona, ya que el jazz latino la mayoría del tiempo está conectado con la música afrocubana.

Mi intención fue dar a conocer más nuestra música dominicana, nuestro ritmo y de ahí viene el nombre, y la foto donde se destaca la tambora.

JenD: ¿Por qué el título de Conpambiche? ¿Qué piensas, buscas y esperas de esta producción?

JS: ConPambiche porque creo que el pambiche los ritmos más bellos que tenemos en República Dominicana. Fue que quise destacar más en la producción y a la vez crear la incógnita qué significa ConPambiche, y así poder explicar de dónde viene y qué significa para nuestra música dominicana.

JenD: ¿Cuáles temas fueron especiales para ti en este producción?

JS: Tambora Blues, porque fue el primer arreglo que hice. Guananico, porque nació de la intención de honrar a mi abuela ya que de ahí se origina mi familia por parte de mi padre. También Jari 's, inspirado por mi hija menor y Sayen, pensando en mi esposa.

JenD: En 2021, tú y tu obra Conpambiche fueron nominados para los Premios JUNO de Canadá en la categoría de Jazz Album of the Yea: Solo. ¿Qué ha significado esta nominación?

JS: Fue el orgullo más grande que he tenido en mi Carrera musical, ya que he sido el primer dominicano nominado a este prestigioso premio que se otorgan en Canadá. A la vez, me siento orgulloso porque he logrado dar a conocer nuestra cultura dominicana a nivel nacional e internacional en Canadá e Inglaterra.

JenD: Para ti, ¿En tiendes que existe un afro dominican jazz?

JS: Para mí existe el afro dominican jazz. Para mi nuestra música es afro, si una pieza musical tiene instrumentos como la tambora o la güira, eso ya significa que es música afro.

JenD: Para ti, ¿cuál es el balance entre la música, el intelecto y el alma?

JS: La música nos ayuda a crear, a imaginar y expandir

nuestros conocimientos en general. También nos ayuda a sentirnos en paz, felices, y expresar nuestros sentimientos a través de una buena melodía. Nos acompaña cuando estamos tristes y nos ayuda a celebrar cuando estamos felices. La música nos ayuda a añorar tiempos mejores y a recordar a esos que hemos dejado en el camino.

JenD: Si pudieras cambiar algo en el mundo de la música, y se pudiera convertir en realidad, ¿qué sería?

JS: Que haya menos competencia y más colaboración entre los músicos para así poder evolucionar y aprender unos de otros. Compartir nuestros conocimientos y ayudarnos mutuamente, para crear oportunidades de aprendizaje para las nuevas generaciones.

JenD: ¿Cuál es tu próxima frontera musical?

JS: Poder presentar mi música en mi país. Presentarles lo que he creado y esperar que sea recibido con las mismas energías que en Canadá. Y, por supuesto, continuar creando música.

JenD: ¿Qué músicas escuchas en estos días?

JS: Pat Metheny, Joyce Moreno, Juan Luis Guerra, mi hermano Sandy Gabriel, y Spyro Gyra.

Responde lo primero que te venga a la mente.

Junior Santos - Apasionado, generoso, sencillo, honesto, músico.

La percusión - Paz espiritual, libertad, crear, sencillez.

República Dominicana - Mi tierra, orgullo, familia, alegría, amistad.

Canadá - Agradecimiento, oportunidad, familia, experiencias, culturas, diversidad, generosidad entre músicos.

El Jazz - Pasión, inclusión, sencillez y a la vez complejidad, astronómico.

Nuestro jazz - Alegre, comprometido, creativo, rítmico, armonioso, talentoso.

JenD: ¿Qué quisieras agregar, compartir con nuestros lectores?

JS: Lo primero es darte las gracias, Fernando, por la oportunidad de poder compartir mi historia musical, y a la vez decirles a tus lectores de que, a pesar de mis limitados conocimientos musicales, he hecho un trabajo del cual estoy muy orgulloso. Estoy llevando nuestra cultura a otros países. Espero que tus lectores se interesen en escuchar mi álbum, que lo disfruten.

Ojalá pueda llevar mi música a nuestro país, que es el sueño que siempre he tenido desde que salí de República

Dominicana.

Estoy muy agradecido de esta oportunidad.

----- 0 -----

Les dejamos con el enlace de Spotify del álbum ConPambiche. Al escanear el código QR de arriba será llevado a escuchar el álbum ConPambiche en Spotify en su celular.

Melvin Rodríguez

El muy reconocido y gran bajista Stanley Clarke dijo, *"El jazz sólo sobrevivirá si le dejamos un legado a los jóvenes"*. Y, desde hace un buen tiempo, es lo que están haciendo nuestros músicos en el género, nuestros profesores en las diversas instituciones de educación musical, los festivales y eventos que se realizan en todo el país.

Expertos en música, entusiastas del jazz, y leyendas del jazz en nuestro país apuntan y apuestan a una nueva generación de artistas, nuevos talentos refrescantes para el género. Hay una juventud que está tomando la batuta, como si fuese una carrera de relevos, y está dando testimonio de que el presente y futuro de nuestro jazz está en buenas manos. A través de nuestros artículos y entrevistas hemos presentado los jóvenes músicos de jazz de nuestra República Dominicana. Hoy presentamos a Melvin Rodríguez.

Nacido el 4 de diciembre del 1999 en Santiago de los Caballeros, inició sus estudios musicales a la edad de 9 años en el Instituto de Cultura y Arte (ICA) en Santiago, se graduó de guitarra clásica nivel medio, 8 años completos de estudio y preparación nivel básico y nivel medio. Luego obtuvo una Licenciatura en Música Contemporánea con mención en Composición - Arreglo y Producción.

Jazz en Dominicana (JenD): Iniciamos preguntando, ¿quién es Melvin Rodríguez según Melvin Rodríguez?

Melvin Rodríguez (MR): Una persona sencilla, amante de la familia y la música, luchador por cumplir sus metas de manera personal y profesional.

JenD: ¿Cómo inicias en la música?

MR: Aprendiendo cosas básicas que me enseñaba mi papá y me fue gustando mucho, y luego empecé a estudiar en una escuela.

JenD: ¿Por qué escogiste guitarra?

MR: Era el único instrumento que había en la casa, y también veía a mi papá tocarla y me daba curiosidad. Me terminó gustando.

JenD: ¿Quiénes han sido tus influencias?

MR: Mis principales influencias son mis padres, por el apoyo incondicional que he recibo de ellos toda la vida, luego grandes artistas y guitarristas. Son muchos, pero te menciono cuatro: Paco de Lucía, John Scofield, Pat Metheny & Tommy Emmanuel.

JenD: Háblanos de tus estudios.

MR: Instituto de cultura y Arte (ICA), 8 años nivel básico y nivel medio en guitarra clásica. Licenciatura en Música Contemporánea, Mención Composición, Arreglo y Producción.
Cursos online de objetivos muy específicos.

JenD: Vienes tocando varios estilos y géneros con diversos grupos. ¿Cómo te ha ayudado esta práctica?
MR: Me ayuda a ser un músico mas versátil, al mismo tiempo maduro. Y me ayuda a adquirir los conocimientos de cada estilo y estar más preparado a la hora de hacer arreglos y producir en diferentes estilos y géneros.

JenD: ¿Con cuáles grupos has tocado, y qué estilos o géneros tocan estos?

MR: Samuel González (merengue); Rose Mateo (pop); Jochy Sanchez (tropical variado) Suprema Alabanza (gospel); Cruz Monty (pop, bachata, merengue, rock); Ivano (pop rock). También, artistas que han estado como invitados de conciertos en los que he participado como Pavel Nuñez, Maridalia Hernández, Rafael Solano, Gadiel Espinoza, entre otros.

JenD: ¿Consideras que ya tienes tu estilo? ¿Tu sonido?

MR: Considero que estoy en camino. Muchos ya conocen cuando soy yo el que está tocando; pero cada día se va aprendiendo y consolidando más el estilo y el sonido hasta adquirir cierta experiencia y madurez para decir "llegué a mi sonido".

JenD: ¿Practicas mucho? ¿Qué rutina utilizas y recomiendas para mejorar habilidades musicales?

MR: Actualmente practico poco (no lo recomiendo), tengo temporadas de práctica más constantes, también depende mucho del flujo y tipo de trabajo. A veces no estoy tanto como performance, sino como productor y arreglista, entonces voy variando entre la práctica de la guitarra y prácticas de arreglo y producción que son importantes para mantenerme activo. Pero recomiendo que practiquen con objetivos y metas claras para aprovechar el tiempo, sea poco o mucho, que cuando dediquen tiempo para practicar sepan que van a practicar y saquen el 100% de esa práctica.

JenD: Tocas, compones, arreglas, educas... un hombre de muchos sombreros. ¿Qué significa cada uno para ti?
MR: Cada una de estas disciplinas es importante para mí, por las enseñanzas que dejan y experiencias que te hacen una persona más paciente y comprensiva. Tocar y sentir la vibra de una banda en tarima con buenos músicos y un gran artista es genial, todo fluye.

JenD: ¿Cómo haces para "brincar" de tocar a componer a educar?

MR: Tengo que hacer switch y cambiar el modo de operar. No puedo ir con actitud de rock star donde un estudiante que necesita a una persona con paciencia que lo escuche y enseñe. Simplemente es estar consciente del roll que debo ejecutar y saber hacerlo bien.

Opiniones.
JenD: Para ti, ¿qué es el Afro Dominican Jazz? ¿Existe un Afro Dominican Jazz?

MR: Es una fusión de nuestro folklore dominicano con el jazz, expresiones como sarandunga, gagá, son muy utilizadas para fusionarlas con jazz. Obviamente, también está el merengue. Sí existe hoy en día el Afro Dominican Jazz. El proyecto Jonathan Piña Duluc es un buen ejemplo.

¿Cuál es tu opinión sobre el estado del jazz en la actualidad en nuestro país?

MR: El jazz necesita más apoyo del público y de más entidades, para que el jazz sea algo mas común en toda la sociedad, no que solo sea a gran escala en festivales o en actividades privadas de prestigio, no. Necesitamos que a diario aparezcan opciones para disfrutarlo.

¿Sus festivales, sus espacios de jazz en vivo?

MR: Todo lo que se ha logrado en festivales y espacios para el jazz está muy bien se va avanzando.

¿Los medios y el jazz (escritos, radiales, digitales y sociales)?

MR: Se necesita más apoyo de todos los medios. Hay personas que no saben si ese estilo de música les gusta, porque no lo han escuchado, entonces pienso que hay que hacer que las personas se encuentren con el jazz y sus diversos estilos para que tengan una paleta de colores musicales a elegir.

JenD: Si pudieras cambiar algo en el mundo de la música, convertirlo en realidad, ¿que sería?

MR: El porcentaje de interés en divulgar solo ciertos estilos musicales por negocio.

JenD: ¿Qué otros planes hay para Melvin Rodríguez en 2023?

MR: Lanzar más música propia, producciones nuevas con artistas y mi primer álbum, el cual ya está en proceso.

JenD: ¿Qué otra cosa quisieras compartir con nuestros lectores?

MR: La música es un regalo de Dios para todos nosotros, todavía no he conocido a nadie que pueda vivir sin música.

Aprovechen ese regalo al 100% y exploren, descubran, investiguen sobre música nueva siempre. Se sorprenderán con toda la música que no conocen. Les gustará alimenten sus oídos, mente y alma de variedad, todo es un balance. Y como todo tiene su tiempo, cada música tiene su momento, pero para saberlo hay que explorar primero. Si eres músico y te quieres dedicar a la música, estudia, prepárate y vuelve a estudiar, para ser un profesional de bien.

----- 0 -----

Dando click en el QR de arriba pueden disfrutar de su composición original **Got Up at 6:22** en Spotify.

Álvaro Dinzey

----- 1 de 2 -----

Al poco tiempo de iniciar el espacio Jazz en Dominicana en Casa de Teatro, tuvimos el honor y gran placer de presentar un concierto de jazz navideño, gospel y más, a cargo del grupo vocal acapella Tes-A-T (Testimonio-A-Tiempo) con Álvaro Dinzey, 1er Tenor; Misael Mañón, 2doTenor; Orlando Delgado, Barítono e Isaías Manzanillo, Bajo. El mismo estuvo fuera de serie. El público presente nos pidió más, y para la siguiente Semana Santa llegó la entrega de la primera de varias entregas de Gospel Jazz con Tes-A-T.

Desde los inicios de Jazz en Dominicana, Álvaro Dinzey ha estado presente en su historia, a través de varias agrupaciones, como líder y como integrante, y cuando estábamos pensando en quiénes queríamos entrevistar, no podía faltar Álvaro. Quisimos que todas sus respuestas salieran tal cual, por lo que decidimos realizar la publicación en dos partes.

He aquí el resultado de nuestros "conversaos": Jazz en Dominicana - Serie Entrevistas 2023 - Álvaro Dinzey.

Pianista, cantante, arreglista, compositor y productor musical, nacido en la ciudad de Santo Domingo en el 1982. Cuenta con una licenciatura en Música Contemporánea con énfasis en Composición, Arreglo y Producción en la Universidad Nacional Pedro Henriquez Ureña UNPHU, en la que actualmente es docente. Inició su carrera músico profesional como cantante, al integrarse al grupo músico vocal dominicano Tes-A-T en el año 2000. En 2011, se integra como pianista y cantante al grupo Retro Jazz de Pengbian Sang.

En 2020, inicia su proyecto musical como Álvaro Dinzey, con el lanzamiento de su primer sencillo en las redes sociales y plataformas digitales, con una versión a capella adaptada al español, del estándar de jazz "Come Sunday", del reconocido pianista y compositor estadounidense Duke Ellington.

Luego de esta breve introducción, damos inicio a la entrevista:

Jazz en Dominicana (JenD): Iniciamos preguntando, ¿quién es Alvaro Dinzey según Álvaro Dinzey?

Alvaro Dinzey (AD): Un humilde y soñador ciudadano del mundo, padre, esposo, hijo, de personalidad tímida, rebelde ante las cosas que considero injustas e innecesarias y muy respetuoso de lo que piensan y hacen los demás.

JenD: ¿Dónde naciste y creciste?

AD: Nací, crecí, me crié y he vivido toda mi vida en Santo Domingo. Capitaleño de raíz.

JenD: ¿Cómo inicias en la música?

AD: Desde la infancia. Imagínate, un padre que tiene como pasatiempo favorito cantar, tocar el piano o la guitarra y una madre que le encantaba escuchar música y cantar; de hecho, los considero mis primeras y más importantes influencias en la música. Recuerdo que, de niño, me sentaba al lado de mi padre a verlo y escucharlo tocar el piano y cuando él terminaba de tocar, inmediatamente me sentaba a tratar de replicar instintivamente todo lo que él había tocado. A mi madre, cuando la escuchaba cantar desde cualquier otra parte de la casa, me unía a ella e instintivamente la acompañaba haciendo segundas voces.

JenD: ¿Fue la voz tu primer instrumento? ¿Cuándo inicias con el piano?

AD: Entiendo que comencé a aprender hacer música con la voz, y digo que así lo entiendo, porque de las pocas cosas que puedo recordar, de cuando tenía muy corta edad, y las cosas que no recuerdo pero que me han contado, es tararear melodías que me gustaban o llamaban mi atención, o en ocasiones, me sumaba a la música que escuchaba en la radio, haciendo una especie de "Beatbox" o cantando alguna de las líneas melódicas que, para mí, resaltaban en ese momento.

La verdad no recuerdo el momento preciso en que empecé a tocar el piano porque era muy pequeño y en mi casa siempre hubo piano. Así que, entiendo que todo comenzó cuando tenía la estatura que me permitía sentarme en la banqueta del piano y alcanzar el teclado (no siempre fui tan grande, jejeje…).

JenD: ¿Quiénes te influenciaron?

AD: Como te comenté anteriormente, mis primeras influencias fueron mis padres, luego, en una época que todavía no conocí al jazz y que la música que más consumía era la cristiana, mis influencias fueron los grupos vocales Heraldos del Rey, Heraldo Celestiales y la música clásica, principalmente la música de Chopin, Beethoven, Mozart, entre otros.

Más adelante, un amigo, con quien inconscientemente me introduce en el consumo de música de jazz, me muestra el álbum "Join The Band" del grupo músico vocal afroamericano Take 6, a quienes considero una de mis mayores influencias en lo que respecta a la música vocal. Desde entonces, comencé a estudiar y a experimentar con la complejidad armónica que ofrece el jazz y el tema de la improvisación.

A partir de esta nueva etapa, asumo con ésos que me estaban influenciando, los artistas y grupos que te menciono a continuación, porque desde entonces no me canso de escucharlos y admirarlos: En lo vocal, Bobby McFerrin, Stevie Wonder, Brian McKnight; la música de Kirk Franklin, Smokie Norful, Israel Houghton, The Manhattan Transfer, The Real Group; y en la actualidad no puedo dejar de mencionar al increíble Jacob Collier, que me fascinó desde que lo escuche la primera vez.

En el piano, entiendo que me han influenciado de alguna manera Michael Camilo, Chucho Valdés, Chick Corea, Bill Evans, Keith Jarret, George Duke, Dave Grusin, Bob James (Fourplay), Lyle Mays (Pat Metheny Group), Russell

Ferrante (Yellowjackets), Tom Schuman (Spyro Gyra), Randy Waldman, entre otros.

JenD: Háblanos de los profesores que te a llegar a los niveles que has llegado hoy ? ¿Dónde y cómo fueron tus estudios?

AD: Todo comenzó en mi adolescencia con la profesora Aura Marina del Rosario, quien me ayudó a abordar el piano correctamente, y además, fue con quien comencé a entender la teoría musical.

Del Conservatorio Nacional de Música, te puedo mencionar alguno de los profesores que me influyeron

importantemente durante los 3 años que estudié allá: el maestro Juan Valdés en piano latino, Sócrates García con armonía popular contemporánea y jazz, el maestro Crispín Fernández con la lectura musical según estilos, Jack Martinez con lenguaje de improvisación en jazz, entre otros excelentes profesores que tuve el privilegio de tener.

Ya fuera del conservatorio, alguien que impactó e influyó bastante, es el maestro Gustavo Rodríguez, con quien tomé aproximadamente 1 año de clases de piano jazz, armonía y un poco de composición; poco tiempo sí, pero muy bien rendidos.

En mi etapa académica de la UNPHU, mi mayor influencia fue y sigue siendo el maestro Corey Allen, al que también considero mi mentor, de quien he recibido conocimientos importantes de armonía, arreglo, composición y orquestación.

JenD: ¿Hubo competencia entre Bienvenido y Álvaro?

AD: Para nada, todo lo contrario, la música nos unió más. Bienvenido no solo es mi hermano menor, cuando vivía en RD fue mi mejor amigo y "canchanchán". Compartimos gustos musicales. En ocasiones, estudiábamos juntos, y cuando no tomábamos las mismas clases, nos juntábamos a compartir, discutir y teorizar sobre lo que cada uno había aprendido.

JenD: Vienes cantando y tocando por mucho tiempo, y en muchos estilos y géneros. ¿Cómo han sido estas aventuras musicales?

AD: No solo de jazz vive el hombre...jejeje. La verdad es que una de las cosas más divertidas de mi recorrido en la música, han sido las oportunidades que se me han presentado de trabajar en otros géneros y estilos musicales.

La necesidad y mi pequeño espíritu aventurero, me han empujado a decir sí cuando se han presentado las oportunidades, aún sin haber tenido experiencia previa abordando el estilo En ocasiones, he salido a camino y he quedado bien y, en otras, me he "guayado" como decimos vulgarmente en RD; pero de ninguna me arrepiento, porque de todas he aprendido cosas que me han ayudado a crecer en lo musical y en lo personal.

JenD: ¿Practicas mucho? ¿Qué rutinas utilizas y recomiendas para mejorar habilidades musicales?

AD: La verdad nunca fui muy disciplinado con la práctica, y en la actualidad, aunque quiera hacerlo, es más difícil de lograr por los compromisos de trabajo y responsabilidades familiares; pero las veces que he tenido que practicar, siempre comienzo la rutina calentando con escalas, arpegios y ejercicios de piano por 20 o 30 minutos, luego dedico otros 20 o 30 minutos a repasar alguna de las piezas y estudios para piano de los que aprendí cuando estudiaba en el conservatorio y por último, cuando no tengo que practicar algún repertorio de compromiso de trabajo, le dedico más o menos 2 horas a trabajar y estudiar las diferentes posibilidades armónicas, de improvisación y estilo con la que se pude abordar algún estándar o pieza de jazz que quiera o necesite practicar y aprender. En otras ocasiones, solo me siento a tocar y jammear con lo que se me ocurra en ese momento, según el nivel de inspiración y la música que he estado escuchando.

Por mi falta de disciplina, quizás no tengo mucho peso moral para recomendaciones, pero te comparto lo que siempre le digo a mis estudiantes: se obtiene mejor resultado si se practica todos los días, aunque sea 1 hora, que dedicarle 4, 5 o 6 horas una o dos veces en la semana. Lo otro que considero igual de importante, es escuchar mucha música y hacerlo de forma crítica, poniendo atención a los detalles.

JenD: ¿Cuáles álbumes te han influenciado?

AD: Entiendo que estos serían algunos de los álbumes que de alguna manera me han influenciado, porque en su momento los escuchaba incansablemente:

So Cool y Join The Band - Take 6; Spellbound - Joe Sample; A Capella Gershwin - Glad; The Nu Nation Project - Kirk Franklin; Vocalese - The Manhattan Transfer; Expressions - Chick Corea ; Club Nocturne - Yellowjackets ; We Live Here - Pat Metheny Group; Three Wishes - Spyro Gyra ; UnReel - Randy Waldman ; Vocabularies - Bobby McFerrin.

Hay unos cuantos más, pero estos te pueden dar una idea de por dónde va la cosa.

JenD: ¿Qué música escuchas en estos días?

AD: Todo depende del ánimo con el que me levanto cada día o con lo que esté trabajando creativamente en el momento, porque aunque mi preferencia siempre se inclina por el jazz, escucho todo lo que capte mi atención y me parezca interesante, sin importar el género o estilo, especialmente cuando tengo el compromiso de entregar un arreglo o composición que me hallan encargado; me pongo a escuchar música del estilo o género en el que debo trabajar para influenciarme del feeling que corresponda.

----- 0 -----

Hasta aquí llegamos con la primera parte de una entrevista a una gran persona, de increíbles talentos y humildad, que apoya la música, los músicos; alguien que, sobretodo, es gran amigo.

----- 2 de 2 -----

En la segunda parte de la entrevista a Álvaro Dinzey, dialogaremos sobre sus incursiones musicales, sus quehaceres actuales, el significado de la espiritualidad en su persona, su música y sus proyectos. Antes, sigamos conociendo más sobre él.

Álvaro ha trabajado en el escenario y en grabaciones como corista, pianista y tecladista de diferentes artistas, tales como Chichi Peralta, Pavel Núñez, Maridalia Hernández, Frank Ceara, Danny Rivera, Héctor Acosta "El Torito", Wason Brazobán, Cristian Alexis y Urbanova, entre otros.

Ha participado como cantante, corista y productor musical de jingles para radio y televisión: Supermercados Nacional, Pinturas Tucán, Claro, Áster, entre otros.

También ha participado como cantante, corista, pianista y arreglista de películas dominicanas, tales como "Los locos también piensan", "El Rey de Najayo", "La Familia Reyna" y "Patricia".

Jazz en Dominicana (JenD): ¿Qué significa Tes-A-T para ti?

Álvaro Dinzey (AD): Tes-A-T fue uno de mis sueños musicales hecho realidad, porque, aunque ya venía con experiencias previas cantando en coros y de haber tenido mi sexteto vocal (Sexteto Juba - mi primer proyecto musical), en el grupo Tes-A-T, encontré personas que compartían la misma visión de darle carácter de seriedad y formalidad al proyecto. Esto me sirvió de motivación para tomar la decisión de dedicarme a la música a tiempo completo y a retomar mis estudios musicales, por eso, identifico mi entrada al grupo como el inicio de mi carrera musical.

Pero eso no es todo, el grupo Tes-A-T también fue una escuela y un canal de oportunidades y experiencias, porque, además del privilegio de cantar en todo tipo de escenarios y compartir, conocer y trabajar con personas importantes del mundo de la música nacional e internacionalmente, a través del grupo, comencé a conseguir trabajos externos como arreglista, productor musical y como corista de estudio de grabación.

JenD: Nombra algunos de los grupos con los que has tocado, sus estilos o géneros y qué han significado éstos para ti.

AD: Azzul Jazz Group era un proyecto del trombonista Moreno Fassi; manejaba estilos tradicionales del jazz, jazz fusion y latin jazz. Cada vez que tocaba con este grupo, era como una especie de terapia por lo divertido que era tocar con Moreno y el equipo de músicos que conformaba la banda.

Aloe Jazz fue uno de mis inventos musicales; un cuarteto de jazz integrado por batería, bajo, guitarra y yo en los teclados; grupo que formé con algunos amigos del conservatorio para tocar Smooth Jazz y Jazz Fusion. En esta etapa de mi vida musical, estaba en la búsqueda de hacer algo nuevo y diferente a lo que estaba haciendo con Tes-a-T y que, a la vez, tuviera coherencia con lo que estaba estudiando, con mis gustos, preferencias musicales y mi personalidad.

4inTune fue otro invento musical que creé junto a mi amiga Marjorie Jimenez, pero en un formato de grupo poco común, porque era un cuarteto integrado por percusión, saxofón, piano y voz. En este grupo experimenté con el cancionero internacional, canciones de jazz, pop, brasileña y música latinoamericana, y hacerle nuevos arreglos en versiones totalmente distintas a como fueron originalmente, concebidas y adaptadas al formato de ensamble que conformábamos.

RetroJazz es una agrupación dirigida por mi querido amigo, colega y maestro Pengbian Sang, del que tengo el gran privilegio de ser pianista y vocalista e integrante fundador. Este proyecto se caracteriza por contar con un repertorio de canciones dominicanas e interpretarlas de forma "jazzeadas". Este es uno de los proyectos musicales más significativos de mi carrera musical, porque, así como el grupo Tes-a-T marca el inicio de mi carrera, Retro Jazz marca un antes y un después.

JazzChrist es un proyecto de jazz cristiano, dirigido por mi amigo el pastor y bajista Roberto Reynoso e integrado por amigos y colegas músicos que profesamos la misma fe y compartimos el gusto por el jazz, del cual soy pianista, y arreglista y compositor de algunos temas del repertorio. Este grupo juega un papel importante en mi carrera musical, porque representa la combinación de mi esencia como persona, mis creencias y mis gustos musicales.

Y por último, no puedo dejar de mencionar a mi amigo, el cantautor dominicano Pavel Núñez, quien desde hace unos años, me ha dado el privilegio de trabajar con él como pianista y corista de su banda extendida y de sus producciones Big Band Núñez.

JenD: ¿Para ti, cuál es el balance entre la música, el intelecto y el alma?

AD: La música es un alimento para el alma, apropiada para desarrollar la inteligencia emocional, pero también es un estimulante para el intelecto. La ciencia ha descubierto que la música ayuda al aumento de la capacidad de atención y concentración, y facilita el razonamiento complejo.

JenD: Cantas, tocas, arreglas, compones, enseñas, ¿qué significa cada disciplina para ti?

AD: Cantar y tocar son canales para compartir con amigos y colegas a través del lenguaje musical; y por el otro lado, entretener, predicar, llevar alegrías y esperanzas a través de la música a quien la escucha.

El arreglar es una de mis pasiones favoritas en la música, porque me fascina tomar melodías o canciones preexistentes y transformarlas armónica, estructural y orquestalmente, o tomar una simple melodía y transformarla en una obra completa.

La composición es algo que mayormente he hecho por encargo, pero las veces que la hago por inspiración, han sido oportunidades de plasmar ideas musicales y recursos compositivos aprendidos, con las que he querido experimentar libremente y que no siempre puedo usar en trabajos por encargo.

Enseñar es mi forma de compartir con otros mis conocimientos y experiencias y a la vez mantener fresco lo que he estudiado.

JenD: ¿Cómo ves el talento que está surgiendo?

AD: Excelente, es esperanzador para el futuro de la música en R.D. que, a pesar de la decadencia musical que se vive hoy en día a nivel popular y comercial, y la mala influencia que ejerce, haya un grupo de talentosos jóvenes preparándose y queriendo hacer música con criterio.

JenD: Si pudieras cambiar algo en el mundo de la música, ¿qué sería?

AD: Enfocado en el mundo de la música en R.D., creo muy necesario la creación de una institución o sindicato que regule y organice el sector músico profesional; y otra de las cosas que creo justa y muy necesaria, es la aplicación de la obligatoriedad, de que en los medios de comunicaciones radiales y televisivos, el 50 o 60% de la música que se transmita sea de músicos, artistas y autores dominicanos.

JenD: ¿Qué ves como tu próxima frontera musical?

AD: Hacer 2 maestrías, una en composición musical y otra del negocio de la música.

Opiniones.

¿Cuál es tu opinión sobre el estado del jazz en la actualidad en nuestro país?

AD: Desde mi perspectiva, el jazz en nuestro país está creciendo desde el punto de vista de exponentes y material discográfico, incluso hay un grupo de colegas que hace un tiempo está haciendo la labor de promover y de que se reconozca lo que han denominado como "Afro Dominican Jazz"; pero lamentablemente, por no ser un género del consumo popular dominicano, escasea de apoyo económico, tanto del sector empresarial como del gubernamental.

¿Qué dices de los festivales y espacios de jazz en vivo?

AD: Es admirable el trabajo que personas como tú están haciendo para promover y mantener la exposición del género, con la creación de espacios y festivales, en el que nuestros músicos pueden presentar sus propuestas y los amantes del jazz puedan disfrutarlas.

¿Los medios y el jazz (escritos, radiales, digitales y sociales)?

AD: La verdad conozco muy pocos medios radiales y medios de escritos digitales en R.D. que promueven el jazz, pero sí podría decirte, que los pocos que conozco, como el de Jazz en Dominicana por ejemplo, tienen muy buen contenido.

JenD: ¿Qué planes hay para Álvaro en el 2023?

AD: El lanzamiento de música nueva. Hay tres covers en los que he estado trabajando, que con la ayuda de Dios estaré publicando como sencillos a través de las plataformas digitales y redes sociales en el transcurso de este año.

JenD: ¿Qué más quisieras compartir con nuestros lectores?

AD: Quiero agradecer a Jazz en Dominicana y las personas que han estado apoyando a nuestros artistas y músicos, y han sido promotores de la música local a través de las diferentes plataformas, y motivarlos a que continúen perseverando en la labor, ya que hoy, más que nunca, tenemos que ser intencionales en exponer el buen arte, hecho con contenido de calidad, con criterio y que verdaderamente representa nuestra cultura e identidad.

----- 0 -----

"Come Sunday" del reconocido pianista y compositor estadounidense Duke Ellington se encuentra, entre otras plataformas digitales, en Spotify. El QR de arriba lo llevará a disfrutar del mismo.

Luís Ruíz

----- 1 de 2 -----

Cuando estaba preparando el listado de candidatos con quienes quería dialogar para generar las publicaciones de Jazz en Dominicana - Serie de Entrevistas 2023, pensé en Luis Ruiz, en que no podía dejar de hacerle una entrevista al viejo amigo. Fue fácil, ya que habíamos conversado, con la finalidad de retomar el proyecto Crossover Jazz, desempolvarlo y prepararlo para una presentación en una noche de verano en el Fiesta Sunset Jazz.

Mi amigo Luís es multi instrumentista, compositor, arreglista y educador que ha formado parte de muchas de las más importantes agrupaciones musicales de nuestro país en diferentes géneros musicales. Les invito a zambullirse en esta interesantísima entrevista para que lo conozcan y sientan el mismo orgullo que este servidor. Él es una persona muy especial, con grandes talentos, el que entrega a todos con gran humildad.

Comenzó sus estudios musicales a los trece años de edad en la Escuela de Bellas Artes de La Vega. En esa época ganó los premios anuales al mejor estudiante por tres años consecutivos. En ese período, de la mano de su profesor Rafael Martinez Decamps, entró a formar parte de la Orquesta Casino Central como saxofonista. Más tarde ingresa como violinista a la Orquesta Sinfónica Nacional y doce años después gana la posición de Flauta Principal en la misma.

Se ha presentado como solista en Cuba, Puerto Rico, El Salvador, Ecuador, México, Estados Unidos y en todos los escenarios importantes de República Dominicana. Ha recibido múltiples reconocimientos, entre ellos, ser ganador en cuatro ocasiones de los premios Casandra (Soberanos), en los renglones clásico, como solista, y en el de música alternativa, por su producción de jazz latino con raíces dominicanas, Nombre de Mujer.

Le hice muchas preguntas que le permitieran pensar, responder lo que quisiera, sin límites de tiempo, pensamiento y lenguaje, vaciar su ser y lo plasmarlo en este lienzo. Aceptó el reto y este es el resultado.

Jazz en Dominicana (JenD): ¿Quién es Luís Ruíz según Luís Ruíz?

Luís Ruíz (LR): Quisiera responderte diciendo que soy el mismo de siempre, pero no sería sincero contigo ni con nadie. Con el tiempo cambiamos de pensamiento y ropaje. En esta metamorfosis solemos no reconocernos o nos confundimos a nosotros mismos. Sin embargo, creo haber escapado a ciertas alteraciones del pensamiento y sigo siendo el mismo personaje amante de la música, de la gente, de la naturaleza y de la libertad que desde temprana edad me acogieron buenamente. Soy una persona amigable, perseverante, y creo que servir a los demás es honorable.

JenD: ¿Dónde naciste y creciste?

LR: En la provincia de La Vega. Soy un cibaeño de pura cepa. Por circunstancias profesionales tuve que emigrar a Santo Domingo a fin de seguir con el proceso de crecimiento. Me considero un vegano ausente que piensa en el retorno, en regresar a los orígenes y de nuevo enredarme en el cordón umbilical de mi ciudad.

JenD: ¿Cómo te inicias en la música?

LR: En los pueblos no habían esquemas que dieran a la música un lugar en la educación oficial general y muy poca tradición familiar para que los padres te indujeran a su estudio. De manera que, los músicos se generaban casi por "reacción química espontánea" para no decir que accidentalmente o que se daban en algún extraño árbol. A menos que no hubiera un músico en tu entorno, no había forma de engancharte normalmente a su práctica, por lo que, al igual que casi todos los músicos del interior, a mí me tomó casi por sorpresa. Conocí a alguien que tocara o me encontré cerca de alguna escuela de música, me acerqué y lo demás es historia ¿o será que uno viene marcado?

JenD: ¿Con cuál o cuáles instrumentos?

LR: Las precariedades siempre estuvieron a la orden del día en nuestras escuelas de música, ya que se contaba con una existencia de instrumentos muy pobre para suplir a los estudiantes. En la Academia Municipal comencé a soplar un piccolo (flautín) que compartía entre semanas con otro estudiante…¡vaya usted a saber que se podría aprender de esta manera! Al poco tiempo me cambié para la Escuela de

Bellas Artes, pues se filtró la información de que tenían una flauta disponible. Ingresé oficialmente y, además de la flauta y las materias, también me inicié en el violín. A los pocos meses (para mi sorpresa y sin pretenderlo) mi querido profesor Rafael Martínez De Camps me emplazó a que fuera a su casa a buscar un saxofón tenor, y que disponía de un mes para prepararme e ingresar a la famosa orquesta de baile Casino Central, dirigida por él. Pensé que el maestro estaba loco. De modo que tuve que afrontar las consecuencias y hacerme saxofonista al vapor. Para ese entonces tenía 13 años y solo meses de iniciarme. Ahí empezó la batalla amarrado a la música, sin posibilidades de zafarme.

JenD: ¿Alguna preferencia sobre los instrumentos que tocas?

LR: No realmente. Luego de la flauta, el violín y los saxofones, vinieron la armónica, la guitarra, por consecuencia el canto y posteriormente los instrumentos electrónicos digitales de viento. Vista esta diversidad, es comprensible darse cuenta de que cada instrumento juega un papel, posee un carácter distintivo que lo hace brillar con luz propia y una particular belleza que lo torna incomparable. Sin embargo, tengo que admitir que aunque no necesariamente sea el instrumento de mi preferencia, a causa del oficio me vi obligado a desarrollar la técnica de la flauta más que la de los demás instrumentos, por lo tanto, como en el compartir humano, me siento más cómodo abrazado a ella.

JenD: ¿Quiénes te influenciaron?

LR: Como músico de formación clásica, pero también de jazz y de la música popular en general, la lista se hace larga. Más que intérpretes o compositores en particular, me influencian los estilos o períodos, ya sea el Barroco, Romántico o Serial, el blues, el jazz contemporáneo, el rock de los 70/90, etc, y todos los grandes exponentes que nutren este universo sin fin. Es difícil no encontrar en todo los períodos y estilos de la música parcialmente citados, algún intérprete o compositor que no te nutra el intelecto y que, para beneficio de todos, su trayectoria u obra deje de sensibilizarnos y de alimentar nuestra consciencia.

JenD: ¿Cuáles fueron esos profesores que te ayudaron a llegar a los niveles que has llegado hoy ? ¿Dónde y cómo fueron tus estudios?

LR: En la Escuela de Bellas Artes de La Vega, a los 13 años, mi primer profesor, Rafael Martínez, vio algo en mi y me tomó de la mano. Me inicia con el saxofón y al hacerme formar parte de su orquesta, me induce sin retorno a ser músico. Él fue y será, sin lugar a dudas, el músico más importante en mi vida. El flautista Harold Bennett en la ciudad de New York y Charles Delaney en Tallahassee, Florida, se encargaron de afinar mis conocimientos de la flauta. En Santo Domingo, Jacinto Gimbernard y Mercedes Ariza me aportaron los recursos técnicos para el violín. Sin embargo, debo aclarar que mis estudios académicos posteriores a los inicios, más bien fueron para reconfirmar los conocimientos. Más que nada (aclaro) soy un músico autodidacta que aprendí a fuerza de buscar el conocimiento de todas las maneras posibles, escuchando, preguntando y esforzándome cada día más a ser mejor, a pesar de las condiciones adversas del medio y los pocos recursos económicos que me sustentaban.

JenD: Empezaste tocando música clásica, ¿cuándo o cómo llegas al jazz?

LR: Ciertamente soy un músico académico formado en el estudio de la música clásica. Honestamente, no soy lo que pudiera llamarse un jazzista, aunque como todos los músicos dominicanos víctimas de tantas influencias y que "le meten mano a tó", manejo bastante bien lo recursos del estilo. Comencé a formarme bajo el esquema académico tradicional que exige una flauta o un violín. Pero mis primeros pasos como profesional, aunque todavía era un adolescente, los di con el saxofón tenor tocando música popular. Es decir, el merengue, la salsa y el bolero, lo que es el repertorio usual de las grandes orquestas de baile, fue mi bautismo.

Al jazz llego indirectamente, a principio de los años 70. Siendo violinista de la OSN, conocí a Michael Camilo e ingresé como flautista (aunque por breve espacio de tiempo) a su banda Barroco 21. Luego en el camino "choqué" con Luis Días (antes de ser "El Terror") y de este accidente surgió un dueto: él guitarra y voz, yo, violín, flauta y voz. Empezamos haciendo música folclórica experimental y algo de blues en el Círculo de Coleccionistas de la Calle Mercedes en la Zona Colonial. Allí afinamos la idea de expandirnos y formamos el Grupo Madora junto a Manuel Tejada (teclados) Cuquito Moré (bajo), Wellington Valenzuela (batería) y Guarionex Aquino (percusión). En este grupo manejábamos los procesos folclóricos del repertorio experimental de nuestro proyecto fusionados con los recursos armónicos y la improvisación del jazz. De modo que así fue como empecé a transitar las calles de este estilo.

JenD: Vienes tocando por mucho tiempo, y en muchos estilos y géneros a través de todos estos años. ¿Cómo han sido estas aventuras musicales?

LR: El oficio de tener que tocar, no lo que uno quiere, sino lo que amerite el momento, nos lleva a aceptar con objetividad y tolerancia las cosas de la vida. La permanencia en el medio musical obliga a afrontar semejantes retos. Para que estas experiencias sean productivas, soltamos el ego y, en lo posible, tratamos de hacer nuestro el gusto de los demás. La experiencia de la multiplicidad a veces es conflictiva. Lo ideal sería tocar un solo instrumento y manejar un solo estilo de música. Así, el enfoque, al ser preciso y menos riesgoso, haría del momento musical una aventura más liviana. Pero, aunque a la vista parezca gracioso y entretenido, el proceso de hacer buena música es siempre algo comprometido y hasta peligroso, casi nunca literalmente divertido. Se navega a veces en tranquilas aguas, pero otras y con mayor frecuencia, en mares tormentosos, a menos que la música sea muy ligera, fácil y superficial.

JenD: Nombra algunos de los grupos con los que has tocado, sus estilos o géneros y qué significaron para ti.

LR: Orquesta Casino Central, música bailable; Grupo Síntesis, rock; Barroco 21, fusión; Madora, folclore experimental. OSN, música sinfónica; Ars Nova, música de cámara, etc. Estos y vastos grupos ocasionales de jazz y de música ambiental en los que tocaba el instrumento que correspondiera, estuvieron mano a mano acompañando mi carrera internacional de solista de la flauta, me sirvieron de soporte emocional necesario y me proporcionaron los activos necesarios para sobrevivir en este mundo material.

JenD: ¿Practicas mucho? ¿Qué rutinas utilizas y recomiendas para mejorar habilidades musicales?

LR: Si. Lo más que puedo. Lo de las rutinas, es complicado. Se torna difícil hacer recomendaciones cuando tienes a tu cargo más de un instrumento. El tiempo nunca parece suficiente y siempre quedarán aspectos pendientes que trabajar. Esto es una locura ya que las rutinas varían de acuerdo a cada instrumento y al estilo de música. Es tanto así que, el procedimiento para estudiar un instrumento en la música clásica, es diametralmente opuesto al de los diferentes géneros populares y el jazz. Lo que mejor me funciona es abordar con precisión todo el panorama y, en la medida de lo posible, trabajar un poco la sonoridad, repasar escalas de diversas configuraciones, abordar algún estudio ya sea clásico o de jazz; leer alguna obra importante, improvisar sobre algún tema o standard de jazz y no dejar de escuchar música cada día, aunque sea en el carro. Esto es lo ideal siempre y cuando se disponga del tiempo. Cuando no, por lo menos tocar algo que te guste con la mayor perfección posible, imaginando estar ante un "público imposible".

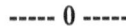

----- 2 de 2 -----

Entrevistar es un gran compromiso, una oportunidad. Por su propia esencia, permite mayor conexión entre el público y el entrevistado; por tal razón, siempre hemos tratado de, por medio de estas publicaciones favorecer que el receptor se meta en la conversación.

Continuamos con la segunda parte del placentero encuentro con Luís Ruíz.

Fue co-fundador junto a Luis (Terror) Días del grupo de música experimental "Madora". Fue solista de la orquesta de cámara "Ars Nova" dirigida por Francois Bahuaud, profesor de la Escuela Elemental de Música Elila Mena y del Conservatorio Nacional, del cual es graduado como

"Profesor de Flauta y Cursos Superiores de Música".

Realizó estudios de perfeccionamiento con Harold Bennett y Charles Delaney en USA, Comunicación Social en UNICARIBE y es egresado como Licenciado en Música Contemporánea de la Universidad Nacional Pedro Henriquez Ureña (UNPHU).

Hoy día Luís Ruíz realiza labores docentes, realiza conciertos clásicos y diversas actividades, tanto como flautista, violinista y también saxofonista de la música popular y del jazz.

Sigamos pues…

Jazz en Dominicana (JenD): ¿Cuáles álbumes que te han marcado?

Luís Ruíz (LR): Jean-Luc Ponty - Imaginary Voyage; Weather Report - Heavy Weather; Jayson Lindh - Cous Cous; Led Zeppelin - Primer Álbum; Queen - A Night At

The Opera; Alban Berg - Violín Concerto; Brahms, Prokofiev, Mahler, Stravinsky; Bartok- Best Works Collection.

JenD: ¿Qué música escuchas en estos días?

LR: Contrario a la gente normal, que escucha la música para satisfacer o buscar ciertas emociones o como puro placer o entretenimiento, el músico reacciona diferente, ya que procesa este lenguaje de manera técnica y funcional. De modo que al asemejarse la música que se escucha a una radiografía, y a la vez, por el oficio, tocarnos tan de cerca, se hace difícil procesarla solo como aderezo ya que a veces (es mi caso) hasta nos duele. Creo que la mayoría de los músicos disfrutamos, pero más que nada nos enfocamos en escucharla para alimentar nuestra biblioteca cerebral, como referencia para mejorar nuestras futuras interpretaciones o con un objetivo u otro, transcribir un tema u obra musical.

Pero como simple mortal, de pura manera lúdica, de cuando en cuando y en lo posible escucho música referente a los grandes maestros clásicos y del jazz en sus variadas vertientes. También a Serrat, Cortez y a los grandes boleristas y baladistas de América y el mundo. Para estar sintonizado con mis raíces y no perder "el batey", merengue y salsa completan el menú y me alimentan.

JenD: ¿Para ti, cuál es el balance entre la música, el intelecto y el alma?

LR: El intelecto como sinónimo de conocimiento general es imprescindible. Hipotéticamente los conceptos metafísicos que involucran a la música como máximo ingrediente para balancear y sazonar la existencia humana, dan la impresión de ser válidos. Tal parece que la música y su esencia mágica, creativa y parturienta se asocia con el alma como la concebimos, para extraer de ella el sentimiento. Este proceso imaginario está muy distante del intelecto y sería imposible de emular por una inteligencia artificial. El intelecto genera recursos cerebrales insensibles, calculados, y no le importaría ninguna de las dos intangibles música y alma citadas anteriormente.

JenD: Te gusta estudiar y seguir preparándote académicamente. ¿De qué te has graduado últimamente?

LR: Estudiar es algo digno de estudio. Es una locura procurarse una carrera en el otoño de la vida. Pero el cerebro de verdad que es necio y se niega a envejecer o descalificarse. En el 2017 conjuntamente con un grupo importantes de músicos dominicanos, asumí el compromiso de reconfirmar académicamente los conocimientos adquiridos a lo largo de mi carrera en lo que respecta a la música popular y el jazz. En el 2020 me gradué Summa Cum Laude como Licenciado en Música Contemporánea en la Universidad Nacional Pedro Henriquez Ureña (UNPHU).

JenD: Tocas, arreglas, compones, enseñas. ¿Qué significa cada disciplina para ti?

LR: Tocar es existir en el instante, es como bombear la sangre para que fluya por nuestras venas. Arreglar al igual que componer te lleva a un mundo de promesas sonoras donde el tiempo no transcurre. Es un trabajo musical en el papel o la pantalla para ser compartido a futuro inmediato o como legado para tu satisfacción y la de la sociedad. Enseñar es una vocación casi religiosa que llena todos los espacios y nutre, se esparce y se agradece, una misión solemne.

JenD: Si pudieras cambiar algo en el mundo de la música, y se pudiera convertir en realidad, ¿qué sería?

LR: La música al insertarse dentro de lo que es "la industria" ha logrado una proyección bestial y ha penetrado todos los rincones del mundo. Pero existe un sector de la faena musical que no prospera, por falta de apoyo económico, ya que supuestamente no es comercial. Con esto se hiere de muerte a miles de artistas. Si en mis manos estuviera, si contara con el poder de convocatoria necesario, haría lo imposible para lograr la protección estatal y empresarial de este sector, importantizándolo e incluyéndolo dentro de un esquema que sea aceptado y promocionado por "la industria".

JenD: ¿Que ves como tu próxima frontera?

LR: Se supone que no existan fronteras cuando eres libre y que la música es independencia que no te pone grilletes en las piernas. Pero en la realidad vivimos en una sociedad eufórica y anestesiada a la vez, donde se consume muy poco el producto musical que algunos artistas generamos. Esto convierte a nuestro país, la pista de despegue, en una frontera local casi infranqueable. Pero ya que este es el precio a pagar por aspirar a lo sublime, y para exonerar de culpa al país político donde vivimos, lo importante es mantenerse activo y hacer trascendente lo poco o mucho que pudiera suceder a partir de nosotros mismos.

JenD: Tienes tiempo con el Grupo Crossover, el cual presenta una onda tipo música clásica con improvisaciones. Explícanos este concepto. ¿Qué te motivo a llegar a este estilo? ¿Quiénes conforman el grupo? ¿Qué tipo de repertorio presentan?

LR: Este grupo surgió a finales de los 90. El nombre Crossover responde a que en los recitales para flauta y piano que realizaba junto a Elioenai Medina, el repertorio era clásico fusionado con el jazz. Interpretábamos obras de todos los períodos musicales, el repertorio usual, pero más que nada las suites de Claude Bolling y las obras de Mike

Mower, además de una que otra pieza que al igual que las anteriores tuvieran algún sabor popular o jazzístico, y esto siempre gustaba mucho. Luego agregamos contrabajo y batería. En ese momento todos éramos músicos sinfónicos. Posteriormente cambiamos el esquema al integrar a Freddy Valdez-Ibert / bajo, y a Ezequiel Francisco / batería, ambos músicos netamente populares. Así que cambiamos el enfoque y abordamos una línea con un concepto de jazz latino apoyado en nuestras raíces. Pero seguimos siendo Grupo Crossover, por nuestra naturaleza musical innata y porque, además, seguimos incluyendo piezas del repertorio de música crossover. Actualmente no contamos con la participación de Ezequiel, pero tenemos al maestro Rafael Díaz, quien fuera nuestro primer integrante. Respecto al repertorio que manejamos, no es solo música clásica fusionada con jazz, sino que es muy variado y aborda todos los estilos posibles.

JenD: ¿Sigues componiendo? ¿Hay novedades?

LR: Sí, claro. Componer se me da con mucha facilidad. Es como un juego donde nunca pierdo pues pongo las reglas. Y si por novedades se entiende música nueva, siempre tenemos una carta debajo de la manga. Y las piezas viejas de tanto estar guardadas cuando emergen a la luz lo hacen revestidas de juventud cual si fueran nuevas.

Opiniones.

JenD: ¿Cuál es tu opinión sobre el estado del jazz en la actualidad en nuestro país?

LR: Vamos ganando terreno. La renovación se nota. Ya tenemos escuelas especializadas y asistidas por instituciones internacionales. Y se perfila cierto interés gubernamental a favor de esta faceta del arte.

¿Qué me dices de sus festivales, espacios en vivo?

LR: Veo con alegría los montajes de varios festivales de diferentes categorías y niveles. Veo con tristeza muy pocos espacios estructurales, entidades, bares y demás "venues" que acojan a nuestros exponentes de tal manera que puedan desarrollarse y, además, producir algo de dinero para su sustento. Porque no solo de jazz vive el hombre, sino que es necesario apaciguar "el tema con variaciones" del hambre, en otras palabras, la exigencia voraz del aparato digestivo y la obligación absoluta de suplir la canasta familiar.

Los medios y el jazz (escritos, radiales, digitales).

LR: Proporcionalmente a la demanda comercial cultural del género, la cuál no es grande y por consecuencia no fomenta la producción de un gran número de actividades o conciertos, la presencia del jazz en "los medios" es equitativa. Es más, a veces supera las expectativas y llegamos a pensar que estamos demasiado bien. Porque en las redes sociales, por necesidad o ego somos periodistas de nosotros mismos. De manera que sin sentido crítico verdadero (sin subestimar) todo evento se importantiza quizás más allá de la realidad y esto es un "boomerang" que se vuelve contra nosotros mismos.

JenD: ¿Qué otros planes hay para Luís Ruíz en 2023?

LR: Para ser sincero, no muchos pues las garantías escasean. Creo que la mayoría de nuestros planes se quedan en la gaveta cuando no es que caminan en un folder debajo del brazo con el consecuente miedo a ser víctimas del rechazo empresarial. Los proyectos suelen quedarse en propuestas y a veces solo alimentan los sueños ya que los patrocinios (indispensables) brillan por su ausencia y así se dificulta volar. De modo que mientras sea "mi propio esfuerzo" o "costillas record" los planes pertinentes a nuestro oficio musical, ya sea grabar o producir conciertos, se desvanecen porque en la mayoría de los casos, carecemos de una plataforma económica propia. Este es el caso de muchos, considerando que somos artistas, no mercadólogos ni empresarios prósperos y que vivimos el día a día. Sin embargo, existen otros planes y estos tienen que ver con la familia, el desarrollo intelectual, humano y espiritual, que llenan (aunque a medias) los vacíos existenciales y en esas estamos.

JenD: ¿Qué más quisieras compartir con nuestros lectores?

LR: Agradecer a la gente normal por valorarnos y a veces inexplicablemente hasta querernos. Justipreciar a los muchos que se autodenominan músicos frustrados porque alguna vez quisieron ser como nosotros. Ponderar a los que sí son músicos por su valentía, por mantenerse de pie en esta carrera de fondo sin descanso ni relevo. Y por último, dar gracias por el sentido del oído humano que recibe esta bendición sonora llamada música y que como noble receptor, permite llenar todo nuestro cuerpo, de esas sensaciones inexplicables e infinitas que ella transmite.

----- 0 -----

Las gracias se quedan cortas, ya que Luís sacó mucho tiempo para pensar y formular sus respuestas, las mismas salidas desde lo más profundo de su ser. Valoremos este talento, este especial ser humano, este gran amigo. Respaldemos sus proyectos, al igual que la de todo músico que podamos, es la mejor manera de agradecerles todo lo que hacen por el bien de la humanidad a través de sus dones.

----- 0 -----

El QR de arriba lo llevará a disfrutar en Youtube del tema The Shadow of Your Smile de su producción Nombre de Mujer

Ángel Rafael Féliz

----- 1 de 3 -----

En septiembre de 2019, "Jazz en Dominicana - Serie Entrevistas" inició dio a conocer, además de los músicos, a otros actores en el jazz en nuestro país, por lo que comenzamos a publicar entrevistas con productores de programas radiales de nuestro país. Con esta entrega, iniciamos a compartir con otros importantes actores, como el Productor, sea de festivales, de conciertos, de eventos, educadores, gestores y otros.

Haina de Jazz nació en el 2015, con la simple idea de brindar a las personas de este pequeño municipio- ubicado a 20 kilómetros de Santo Domingo- un producto artístico diferente, fresco e innovador. Desde sus inicios, gracias a Javier Vargas, hemos estado en contacto con su fundador, un incansable gestor entregado a elevar el nivel músico-cultural de su pueblo. En esta entrevista tengo el honor de presentarles al gran amigo Ángel Rafael Feliz.

Ángel nació en el municipio Bajos de Haina. Desde temprana edad se inclinó por el trabajo social y cultural de la comunidad, participando en el grupo de jóvenes de la Parroquia San Agustín en Haina, en clubes, en grupos de teatro, asociación de estudiantes y de poesía. Miembro del comité de carnaval de Haina, Quita Sueño y Cabral. Es co-organizador del proyecto Hábitos de Lectura y Escritura, realizados en tres centros educativos en Haina. Además, es miembro fundador y productor general de Haina de Jazz, concierto que lleva 9 años realizándose en este municipio. También, ha desarrollado actividades en el marco de la celebración del Día Internacional del Jazz, ha sido co-organizador del primer concierto de Haina de Jazz en Rincón, hoy municipio de Cabral en Barahona, el cual lleva dos versiones y organizador de la primera master class en jazz, celebrada en esta localidad.

Su hoja de vida es larga, por lo que dimos unas pinceladas, y ahora damos inicio al intercambio de preguntas y respuestas que compartimos por un buen rato que, por su tamaño, estaremos publicando en tres partes.

Jazz en Dominicana (JenD): ¿Quién es Ángel Rafael Feliz, según Ángel Rafael Feliz?

Ángel Rafael Feliz (ARF): Es el sexto hijo de ocho hermanos, procreados de la señora Hexida Cuevas y el señor Generoso Méndez (EPD).

Estudió la educación básica en centros educativos en los municipios Bajos de Haina y en Cabral y la educación Media en Haina. Entró a la Escuela de Comunicación Social en la Facultad de Humanidades, de la estatal Universidad

Autónoma de Santo Domingo (UASD), graduándose con una licenciatura en Ciencias de la Comunicación Social.

Casado con la Antropóloga Birmania Restituyo Reinoso, padre de Camila Birmania y Ángel Sebastián, abuelo de Ethan Rafael.

Es periodista de profesión y gestor cultural por vocación. Vive en el barrio Villa Lisa, en el municipio Bajos de Haina.

JenD: ¿Cómo entras en el jazz?

ARF: En el mes de julio del año 2015, estando en una reunión en la planificación de un proyecto comunitario "Hábito de Lectura y Escritura", en el municipio Bajos de Haina, realizado junto a dos amigos, Segundo Maldonado y Eugenio Sanó Bretón. Allí, nos solicitaron organizar un concierto para recaudar fondos. Yo no quería embarcarme en un proyecto como ese, era para organizarlo con artistas urbanos, pero a mí no me atrajo, no quería involucrarme en el mismo.

Luego, esa misma semana, pasa por mi casa Víctor Soto, conversamos con él mi esposa y yo al respeto. Ahí es que viene mi pregunta "¿Cómo podemos conseguir que la Big Band del Conservatorio Nacional de Música, haga un concierto de jazz aquí?"

En la semana siguiente, enviamos una comunicación, solicitando dicha banda y los objetivos que estábamos persiguiendo en esos momentos. La propuesta que hicimos fue aprobada por la dirección del conservatorio. De inmediato iniciamos el proceso organizativo para el concierto. En ese proceso conocimos diferentes personas ligadas al género. Visitamos al conservatorio y varios lugares donde se hacían conciertos de jazz.

JenD: ¿Cómo entras en el mundo de la producción de eventos?

ARF: Entramos en el mismo instante que se aprueba la banda de jazz, para que la presentemos al público en Haina. Antes había participado como colaborador en otros eventos y actividades menores en el municipio; pero fue Haina de Jazz que nos introduce a este mundo de la producción de eventos.

Para 2017 la Fundación Municipios al Día, que preside Augusto Valdivia, y Haina de Jazz, formalizaron una alianza en que la Fundación MAD se suma como asesores técnicos en la organización de nuestros conciertos, donde, además, del apoyo de difusión, nos brinda un acompañamiento administrativo, utilizando sus registros contables para co-gestionar los recursos que garanticen la sostenibilidad de nuestros conciertos y eventos, hasta que Haina de Jazz pueda formalizar sus estatutos como asociación sin fines de lucro y pueda seguir su vuelo sola.

Contamos con la participación de los hermanos Eric y Leric Matos, con su empresa DI Internamiento, quienes trabajan con este proyecto en la pre y post producción de los conciertos y de las actividades que hemos realizado en la promoción del jazz en este municipio.

JenD: Háblanos de tu historial como gestor y promotor cultural.

ARF: Siempre estuve vinculado a grupos culturales en el municipio Bajos de Haina: grupo de teatro, clubes, poesías, grupos juveniles, comité de carnaval, asociación de estudiantes, grupos comunitarios. Este fue mi laboratorio con el que realizamos acciones de coordinaciones para organizar actividades de forma colectiva.

Hemos promovido proyectos de hábitos de lectura y escritura, la formación de niños y niñas en la creación de murales en sus barrios, la formación de grupos de poesías y teatro, talleres, foros, charlas para la formación de grupos juveniles.

Estamos promoviendo en la comunidad lo que es la realización de actividades educativas, para la realización del Día Internacional del Jazz en los municipios Bajos de Haina y Cabral en la provincia Barahona.

En fin, hemos realizado varias acciones que nos han permitido la producción de varios eventos en el mundo musical, más específicamente, en la producción de trece conciertos de jazz, entre el municipio Bajos de Haina y Cabral en la provincia Barahona.

JenD: ¿Qué es Haina de Jazz?

ARF: Te explico. Haina de Jazz nació con el objetivo de contribuir al desarrollo musical de niños, niñas y adolescentes, para integrarlos de manera crítica al proceso de formación de talentos, mediante la promoción del jazz y otros géneros musicales, que contribuyan a una cultura de paz y convivencia ciudadana.

Dedicamos el concierto a una personalidad del jazz en vida y un reconocimiento a un jazzista que ha partido a otro plano espiritual. Reconocemos la labor de hombres, mujeres e instituciones que de una forma u otra han contribuido al desarrollo de esta propuesta.

JenD: ¿Cuándo y porque nace Haina de Jazz?

ARF: Haina de Jazz nace por la necesidad de llevar al público joven un concierto diferente que hasta ese momento se presenta en el municipio, que no fuera solo la música urbana u otro género. Para nosotros el jazz permea todos los géneros musicales. Haina de Jazz realmente nace tres años después, los tres primeros conciertos fueron un ensayo; pero en el año 2017, fue que realmente se ve como una propuesta de futuro. Es donde pensamos realmente en llevar un contenido permanente de jazz, en el que se suman ritmos autóctonos.

JenD: ¿Qué misión o estrategia se han trazado para que estos eventos y gestiones se sitúen y perduren entre los que ya existen en el país?

ARF: Tenemos como misión la de fomentar el desarrollo musical y otras manifestaciones culturales en niños, niñas, adolescentes, para garantizar permanencia en el tiempo. Pretendemos colocar el jazz en todo el sur de la República Dominicana.

Combinando elementos culturales de los pueblos e involucrando personas e instituciones, llevando calidad a los conciertos, podemos perdurar en el tiempo. Podemos construir un público amante del jazz que demande cada año un buen concierto. Podemos impulsar la búsqueda permanente de patrocinadores, donantes, colaboradores, que nos permitan llevar buenos conciertos a la población.

También, reconocemos la trayectoria musical de hombres y mujeres que se han dedicado a la música y hacer un reconocimiento póstumo, para aquellos que han partido a un plano espiritual. Reconocemos, además, a hombres, mujeres e instituciones que dan su apoyo a la realización de los conciertos que organizamos cada año.

JenD: Háblanos de Haina de Jazz y sus conciertos anuales.

ARF: Haina de Jazz inicia en el año 2015, con la presentación de la Big Band del Conservatorio Nacional de Música , con la participación de la Orquesta de Cámara

Infantil de la Fundación Refidomsa, niños del proyecto Hábitos de Lectura y Escritura, estudiantes de música y pintura del Liceo Modalidad en Artes, Profesor Manuel Féliz Peña, en el municipio Bajos de Haina.

El año 2016, volvió a presentarse la Big Band del Conservatorio Nacional de Música, acompañados de los pianistas Samuel Atizol, Oscar Micheli y el proyecto infantil de danzas y atabales de Yogo-Yogo.

En el año 2017, tuvimos la participación del destacado pianista Josean Jacobo y su banda Tumbao, estudiantes de último año del Conservatorio Nacional de Música y la Banda de los Hermanos Martez. Concierto dedicado al pianista, compositor y arreglista Darío Estrella y a la memoria del productor de conciertos Federico Astwood.

En el 2018, llevamos el concierto al distrito municipal de Quita Sueño, del municipio Bajos de Haina, donde se presentaron Toné Vicioso y Aumbata, Los Hermanos Martez y Paúl Austerlitz y su ensamble Hatillo Palma. Concierto Dedicado al músico Crispín Fernández y a la memoria de Tavito Vásquez.

En el 2019, estuvimos en el concierto a Javier Vargas y A3, Gioel Martín y el ensamble de música AfroDominicana, Toné Vicioso, los Paleros de Yogo-Yogo, A Goyo Conga y los Soneros de Haina. Concierto dedicado al percusionista Julio Figueroa.

En el concierto del año 2020, participó la Banda de los Hermanos Martez, evento semi presencial, donde tuvimos la participación vía plataforma digital de Paúl Austerlitz, Javier Vargas, y el dúo de Juan Guivin y la vocalista Verónica Largiú, egresada de Berklee College of Music.

La séptima versión, en 2021, fue dedicada al municipio de San Cristóbal y un reconocimiento al músico y profesor

Hipólito Javier Guerrero por sus 49 años ligado a la música y por sus aportes a la educación musical, tanto en el país como en otras naciones. Contamos con la participación de Hedrich Báez en cuarteto y la banda de los Hermanos Martez, quienes hicieron un homenaje a Johnny Ventura, fusionando algunos de sus merengues con con jazz. Fueron reconocidos Fernando Rodríguez de Mondesert, por sus aportes a la promoción del género jazz a nivel nacional e internacional. A la Fundación Municipios al Día, a Ciudad Oriental, y a hainadigitaltv.

En el año 2022, celebramos el concierto en el distrito municipal de Quita Sueño. Esta octava versión fue dedicada al Consejo Provincial por la Cultura y las Bellas Artes de la provincia Hermanas Mirabal, así como, un reconocimiento a estas instituciones, por su apoyo a la trayectoria de Haina de Jazz en estos ocho años, a la Fundación Refidomsa, a la Coopcentral y al fotógrafo Wilfredo Mateo.

Participó como banda principal Josean Jacobo & Trio, y como contrapartida local, estuvo Macusa salves y atabales, un grupo de mujeres que interpretan salves tradicionales, ellas pertenecen a la comunidad de El Carril, del municipio Bajos de Haina.

----- 0 -----

Con esta entrada a los quehaceres de Ángel Rafael Feliz en el proyecto Haina de Jazz, llegamos al final de la primera parte de este interesante encuentro. En la próxima entrega seguiremos.

----- 2 de 3 -----

Desde que conocí a Ángel Rafael Feliz, me ha llamado la atención su entrega total hacia Haina de Jazz. En solo ocho años, esta pequeña pero dedicada organización se ha convertido en una notable historia de éxito, trabajando para derribar las barreras para acceder a la experiencia única y positiva del jazz en vivo, un concierto y un programa cultural a la vez.

Continuemos con esta segunda parte de este largo "conversao" con Ángel Rafael Feliz.

JenD: Háblanos de Haina de Jazz y el Día Internacional del Jazz. Sus programaciones.

ARF: En el tercer año de organización del concierto Haina de Jazz, que ya se estaba definiendo, más claro, como una propuesta para llevar al público, llega la idea de poder participar por primera vez de las actividades del Día Internacional del Jazz.

El año anterior pudimos participar de algunas de las actividades que desarrolla Fernando Rodríguez Mondesert en Jazz en Dominicana. Participamos en otras actividades desarrolladas en la zona colonial de Santo Domingo. Esto nos motivó a organizar nuestras actividades en el municipio Bajos de Haina.

Incluimos en la página web del programa unas cinco actividades educativas para promover el género en la población: visitas a medios de comunicación, conferencias acerca del jazz, programación de temas de jazz en tres centros nocturnos de diversión, en forma simultánea. El artista plástico Jorge Candelario hizo un cuadro alusivo al jazz, para conmemorar un año más de la celebración de este importante evento a nivel global.

Realizamos un concierto denominado "Homenaje a los grandes del jazz: John Coltrane, Charlie Parker, Miles Davis, y Louis Armstrong. Para la ocasión, se conformó la "Haina Big Band Jazz" dirigida por el saxofonista Víctor Soto Canela y acompañado de Michel Campusano, saxofón alto, Junker Horton Martez, saxofón tenor, Junker Junior Martez, saxofón alto, Jhon Martez, trompeta, Carlos Sánchez, trompeta, Freddy Mansueta, trompeta, Javier Carmona, bajo, Isaac Daniel Martez, piano, Javier de Jesús, bajo y Wualli Martínez, percusión.

Desde el año 2017 hasta el año 2022 hemos recibido cartas de los organizadores del Día Internacional del Jazz, felicitaciones por los planes de organizar actividades en el municipio Bajos de Haina, para la celebración de tan importante evento a nivel universal.

Para la celebración del Día Internacional del Jazz, para el año 2018 realizamos cuatro actividades educativas, para la promoción del género: Conversando el jazz en Haina, un encuentro con estudiantes de música del Centro Educativo Manuel Féliz Peña, con la participación Josean Jacobo, Crispín Fernández, Toné Vicioso, Alexis Méndez, Sandy Saviñón y Tony Domínguez.

Realizamos un media tours, donde visitamos algunos programas de radio y televisión, para dar a promover las actividades que nos habíamos planteado realizar en este año, como fueron: Notas de Jazz de Sandy Saviñón, El Merengazo del Domingo de Claudio Gómez, Música a las 12 de Octavio Beras, Despierta RD en el canal 13, Tele Centro, Cita Cultural con Yanela Hernández y Guillermo Ricart, por el canal 4 y Música Maestro de Alexis Méndez.

Ese mismo año realizamos la actividad "Haina Pinta los Colores del Jazz" con estudiantes de pintura y dibujo de la casa de cultura de Haina y El Carril y estudiantes de Escuelas Libres del Ministerio de Cultura. El domingo 29 de abril, realizamos una exposición de los trabajos presentados por los estudiantes.

El Concejo Municipal de Regidores del Municipio Bajos de Haina, en la Resolución No. 10-18, de fecha 29 de noviembre del año 2018, de forma unánime, reconoció a Haina de Jazz, puntualizando que es una "organización distinguida de este municipio" y declarando que, "el primer sábado de diciembre de cada año, sea declarado como El Día Municipal del Jazz de este Municipio"

En esa misma resolución, declaran al Instituto de Jazz Thelonious Monk, como "Embajador de Buena Voluntad".

Y en la Resolución No. 11-18, de la misma fecha, dicho organismo municipal, declara a la UNESCO, como "Mensajeros de la Paz Mundial"

En el año 2019, realizamos el encuentro "Conversando el Jazz en Haina" con la participación del trompetista John Martez Melenciano y el gestor cultural y percusionista, Edgar Molina, quien, con sus investigaciones a través de Historias Sonoras, compartió sus experiencias con estudiantes de música, del liceo en modalidad artes, profesor Manuel Feliz Peña. En ese mismo centro educativo, realizamos una master class en percusión, con el destacado percusionista Julito Figueroa. Para dar a conocer las actividades, realizamos visitas diferentes programas: Merengazo del Domingo, Música Maestro y Notas de Jazz.

Para el año 2021, todas las actividades a nivel global fueron suspendidas por la pandemia del covid-19. Las actividades fueron realizadas por diversas plataformas digitales. Como fueron:

La palabra melodiosa: jazz y literatura (virtual) y Un paseo por la literatura y el jazz de las manos del poeta Luis Reynaldo Pérez.

Conversando el jazz en Haina (virtual), un recorrido por los seis años de los conciertos Haina de Jazz, presentado en diversos escenarios, con la participación de Alexis Méndez, productor y conductor del programa Música Maestro; Augusto Valdivia, presidente de la Fundación Municipios al Día y director del periódico digital Municipios al Día y los Jazzistas, Javier Vargas guitarra, Josean Jacobo piano, Tony Vicioso guitarra y el doctor Paul Austerlitz, desde New York, además, de un servidor, Ángel Rafael Feliz.

Conversando con Junior Santos, desde Canadá, un diálogo acerca de su producción musical y su nominación a los premios Juno 2021 en Canadá. El músico Junior Santos de origen dominicano, de la provincia Puerto Plata, al norte de la República Dominicana, radicado en Canadá, conversó con nosotros. Su nominación fue en la categoría Álbum de jazz del año, solista, con la producción Conpambiche.

En el año 2022, realizamos varias actividades: conversatorio con estudiantes de la escuela primaria Juan Pablo Duarte, con la participación del saxofonista de Haina, Víctor Soto Canela. Conversando el Jazz en Haina, con estudiantes de música del liceo modalidad en Artes, profesor Manuel Féliz Peña, en el Aula Cultural de este centro, con la participación del músico Hedrich Báez y el gestor cultural y periodista Ángel Rafael Féliz. Y como moderador Emmanuel Ventura, productor y locutor.

Realizamos la colectiva Haina Pinta los Colores del Jazz, con la participación de 15 artistas plásticos de Haina e invitados. La exposición se presentó en la Casa de la Cultura de Haina y luego en Abad Gallery en la zona colonial en la ciudad de Santo Domingo. Los artistas plásticos que participaron en la exposición son: Anny Concepción, Andrés Montero, Arelis Castillo, Carlos Redman Rosario, Domingo Soriano, Epifanio Hernández, Isaac Grullón, Issandri Grullón, Jorge Candelario, Kendy Peguero y Melvin Magdaleno de Haina, invitados; Milder Sait-Fleur de Haití, Ana María Hernández (D.N) y de San Cristóbal Iván Benzant, Juan Antonio Capellán.

Se realizó por primera vez, una clase magistral a estudiantes de música en el municipio de Cabral, en la provincia Barahona, con la participación del percusionista Edgar Molina y el compositor, arreglista, músico e investigador, Toné Vicioso. Esta actividad se realizó en el liceo Francisco Amadís Peña.

En el año 2023, realizamos: Conversando el Jazz en Haina, es una actividad educativa, donde músicos comparten sus experiencias con jóvenes de música del centro educativo en artes profesor Manuel Féliz Peña, en el municipio Bajos de Haina. Daroll Méndez bajista y Moisés Silfa percusión fueron los músicos que participaron en este evento.

En todo el mes de abril de este año, abrimos el primero de abril, la exposición Haina Pinta los Colores del Jazz, en LG Social Club, en el municipio Bajos de Haina, donde diversas personalidades de aquí se dieron cita a dicha exposición. En esta ocasión se presentaron 12 trabajos de artistas plásticos de Haina y dos invitados.

Haina de Jazz, forma de la comunidad y es Socio Organizacional en la plataforma digital para la celebración del Jazz Day de cada año, "El Día Internacional del Jazz es posible gracias a los esfuerzos voluntarios de los organizadores en todos los niveles de la sociedad civil en más de 190 países de todo el mundo. Ya sean pequeñas o grandes, las organizaciones tienen un papel importante que desempeñar para facilitar la celebración mundial, prestando sus recursos y experiencia acumulada para curar programas multifacéticos que tengan un impacto significativo en la comunidad local"

Haina de Jazz, es Socio Organizacional en la plataforma digital para la celebración del Jazz Day de cada año.

JenD: Háblanos de Haina de Jazz fuera de Haina (ya que han iniciado a llevar eventos a otras comunidades del país.

ARF: El primer concierto fuera de Haina, lo realizamos en el distrito municipal de Quita Sueño que, a pesar de forma parte del municipio Bajos de Haina, es una demarcación política independiente, que tiene un ayuntamiento, un director, una vice directora y tres vocales. Allí hemos realizado dos conciertos de jazz. Uno en el año 2018, donde participaron: Josean & Tumbao, los Hermanos Martez y el doctor Paúl Austerlitz y el en el año 2022, con la participación de Josean Jacobo y Trio, así como, Macusa Salves y Atabales.

En el año 2021 celebramos por primera vez un concierto en Cabral, municipio de la provincia Barahona. En este concierto se presentó en tarima los Hermanos Martez, la banda musical del pueblo de Cabral y la Sur Band.

En el año 2022 llevamos por primera vez una master class, en el marco del Día Internacional del Jazz, con la participación de Toné Vicioso y Edgar Molina.

El sábado 29 de julio, realizamos el concierto "Haina de Jazz en Rincón" con la participación de Toné Vicioso y

Aumbata, la banda musical de Cabral y el bachatero Jánico Freidan Féliz (Pepeco).

JenD: ¿Hasta la fecha, cuáles han sido los momentos de mayor satisfacción en estas gestiones?

ARF: El primer concierto de jazz, que empezó a organizarse desde el mes de agosto, para realizarse en el mes de diciembre, fue todo u reto y salimos a camino. El concierto del año 2018 en Quita Sueño, que fue realizado fuera de Haina por primera vez y el concierto del año 2020, que fue realizado en plena pandemia del COVID-19 y todos estábamos en cuarentena. También, la organización del concierto de jazz en Cabral, que fue todo un reto.

JenD: Háblanos de las experiencias con las presentaciones de agrupaciones en el municipio de Haina.

ARF: Una de las líneas de acción para el trabajo, permanencia y sostenibilidad en el tiempo, es la formación de una banda de jazz, un trio, un cuarteto, o una de las variantes que se pueda organizar y tener una conformada por músicos del municipio.

Se han estado dando los pasos necesarios; pero aún no ha llegado el momento. Hay muchas esperanzas para hacer realidad dicho objetivo.

Anteriormente había señalado que en una ocasión se conformó la "Haina Big Band Jazz" dirigida por el saxofonista Víctor Soto Canela. Este proyecto solo logró realizar una sola presentación.

Con los hermanos Martez, hemos realizado varias presentaciones a lo largo de estos nueve años y fue la primera banda que nos acompañó a compartir con otras agrupaciones en el concierto de Cabral, en el año 2021.

En los conciertos de Haina de Jazz, hemos tenido agrupaciones del municipio de Haina, como son: la orquesta de cámara infantil de la Fundación Refidomsa, el proyecto infantil de salves y atabales del grupo de paleros de Yogo-Yogo, los paleros de Yogo-Yogo, los Nuevos Soneros de Haina y Macusa salves y atabales.

----- 3 de 3 -----

Ángel Rafael Feliz y los amigos de Haina de Jazz se insertaron en la celebración de la efeméride del Día Internacional del Jazz por primera vez en abril del año 2017 y a partir de ese primer contacto, han hecho presencia en el programa de la UNESCO, manteniendo actividades dedicadas a la promoción y educación del jazz en su municipio. Es una loable labor que hay que resaltar, ya que Ángel y el equipo logran compartir e intercambiar con sus amigos y amigas en Haina acerca de todas estas actividades vinculadas al género.

Antes de iniciar con esta tercera y última entrega, quiero agradecer sobremanera a Ángel por su tiempo, por su interés en este diálogo, por su ilusionada entrega de llevar el jazz a Haina y otras comunidades y, en especial, por la amistad que nos une.

Jazz en Dominicana (JenD): ¿Cómo consideras que el Haina de Jazz ha venido desarrollándose y como ha crecido?

Ángel Rafael Feliz (ARF): Aunque Haina de Jazz tiene los "pantalones cortos" que han mirado muchos, se ha convertido en un referente. Dijimos que estamos construyendo un público de jazz y lo estamos logrando.

Cada año tenemos patrocinadores que creen en el trabajo que venimos realizando en la comunidad y otros se incorporan por las referencias que han visto en periódicos, en redes sociales, por algún comentario vertido o por las cartas solicitando patrocinio, donde muchas veces desconocen que en Haina existe un concierto de jazz de nivel.

Nuestra incorporación a las festividades del Día Internacional del Jazz en todo el mes de abril, la promoción del género en los medios de comunicación y el apoyo que hemos tenido de los colegas periodistas, en sus programas de radio, televisión o en algunas plataformas digitales. Haina de Jazz ha recibido varios reconocimientos que dicen del trabajo que estamos realizando y situando al municipio Bajos de Haina, como un escenario donde el jazz se pasea.

Las cartas de apoyo de la UNESCO agradeciendo nuestra participación desde el año 2017, en las actividades en la promoción del género y en la proyección de Haina de Jazz, en el marco la celebración del Día Internacional del Jazz en nuestro municipio.

En el año 2017, Visión Héroes, entregó un reconocimiento a Haina de Jazz, como el evento juvenil del año, "por promover con sus acciones las buenas costumbres y el rescate de valores". Estos premios se otorgan en el municipio Bajos de Haina, a las instituciones y personalidades que realizan actividades de importancia para la población.

El reconocimiento del concejo municipal en entregarle la Resolución 9-18, que declara a Haina de Jazz como organización distinguida del municipio Bajos de Haina y declara el primer sábado de diciembre de cada año como el Día del Jazz en Haina.

El 3 de mayo del año 2021, Jazzomanía hizo entrega del reconocimiento Chuchi González Award a Jazz a Haina de Jazz, "Como institución de la comunidad de Haina, por sus esfuerzos y éxitos organizando eventos de Jazz por más de 7 años en la comunidad de Haina".

En mayo del año 2021, los XXIV premios Arte y Cultura Fradique Lizardo, en San Cristóbal, reconocieron a Haina de Jazz en el renglón Espectáculo Cultural, "por sus aportes y destacada labor en la difusión del jazz, elevando la cultura musical y el orgullo del municipio de Haina a nivel nacional e internacional".

Estos reconocimientos, el apoyo de los patrocinadores, el público y con el apoyo de la prensa local y nacional, las visitas a los espacios especializados en jazz y en programas de variedades, son señales inequívocas, que muestran que hemos ido avanzando en la difusión de un género musical que no se consumía en el municipio Bajos de Haina.

JenD: ¿Qué tipo de balance buscan entre los artistas nacionales y los del municipio?

ARF: Para que un público como el del municipio Bajos de Haina, pueda entender el jazz, se les debe colocar ritmos autóctonos, que ellos conozcan y los puedan asociar con el jazz. Cuando una de estas bandas ejecuta un merengue, un pri-pri, sarandunga, salves o reggaeton, este público se conecta inmediatamente.

Hemos realizado la introducción con algunos solos de saxofón, un trio tambora, guira y saxofón, un solo en percusión, para que el público se involucre con el jazz, desde los sonidos e interpretaciones que ellos conocen.

Las masters clases que llevamos a los centros educativos, conversar el jazz y otros encuentros, nos han permitido entregar paulatinamente una mirada por el jazz que se extiende a niveles populares.

Opiniones.

JenD: ¿Qué papel juega la prensa (escrita, radial, televisiva o digital) o qué importancia tiene para ti, tus proyectos y estos eventos?

ARF: La prensa nacional y local ha reseñado el trabajo que hemos venido realizando de manera incansable en estos nueve años. Donde han titulado lo que han escrito sobre Haina de Jazz, por ejemplo: "el jazz encontró su hogar en Haina", "Noche de jazz en el centro de Haina" "En Haina rinden homenaje a los grandes del jazz" "Haina en la celebración del Día Internacional del Jazz" "Haina, música y cultura de paz" "Jazz en los Bajos de Haina" "El jazz ha llegado al sur de la República Dominicana".

Si usted coloca en el buscador de google, YouTube o en otros buscadores a Haina de Jazz, encontrarás la historia de esta propuesta, desde su primer concierto hasta el más reciente. Y las actividades que hemos realizado en el marco del Día Internacional del Jazz. Los portales digitales nacionales o de provincias, se hacen eco del trabajo que hemos venido realizando en el municipio Bajos de Haina.

JenD: ¿Cómo ves el jazz en estos momentos en nuestro país? ¿Cómo lo ves a nivel comercial?

ARF: El jazz en nuestro país ha ido escalando en el gusto de un público que hace 10 años no existía, ya que ha ido llegando a localidades nunca imaginables en el territorio nacional, hay nuevos programas que difunden el género y se han abierto otros espacios que brindan conciertos de jazz.

Esta apertura permite que los exponentes del género puedan desarrollar sus habilidades con sus instrumentos y tengan una demanda en esos diversos espacios. Fusionar la música autóctona dominicana y hacer un buen mercadeo a dichos temas, les puede garantizar una estabilidad económica a estos músicos.

JenD: Y, ¿qué piensas de nuestros músicos?

ARF: Muchos son músicos extraordinarios, por ejemplo, Jhon Martez y otros que han tenido la oportunidad de ir al

Conservatorio Nacional de Música y/o participar de las becas de Berklee Collage of Music o disfrutar de las masters class que esa entidad desarrolla en el país para dichos estudiantes.

Los músicos ya graduados son excelentes, con una profundidad en sus ejecuciones, y una disciplina ejemplar. Hay buen futuro en la República Dominicana el jazz y nuestros ritmos autóctonos.

JenD: ¿Qué ves como la próxima frontera para ti? ¿Para Haina de Jazz?

ARF: Bueno, Haina de Jazz tiene como meta expandir sus acciones a otros pueblos de la región sur. Una mejor vinculación con músicos y gestores culturales de la República de Haití y juntos encaminar algunos proyectos de intercambio cultural en el marco del género jazz. También, llevar nuestra propuesta a la diáspora dominicana en los Estados Unidos, específicamente Nueva York, Nueva Jersey y Connecticut.

JenD: ¿Qué planes hay para Ángel Rafael Feliz en lo que resta de éste 2023?

ARF: Organizar y promover los conciertos "Haina de Jazz en Rincón" y Haina de Jazz en su noveno aniversario. Concluir la documentación necesaria para presentar a las autoridades competentes los estatutos de la Fundación Haina de Jazz.

JenD: ¿Qué más quisieras compartir con nuestros lectores?

ARF: Solo decir que, Haina de Jazz inició los pasos necesarios para la constitución de la Fundación Haina de Jazz, ya tenemos listos sus estatutos y el Certificado de Registro de Nombres Comercial, de la Dirección de Signos

Distintivos, de la Oficina Nacional de la Propiedad Industrial (ONAPI).

Tenemos conformado el equipo de trabajo que nos permitirá llegar más lejos con nuestros planes de desarrollo en favor del género jazz y en favor de la colocación del municipio Bajos de Haina a otro nivel, frente al país y frente al mundo.

----- 0 -----

El QR de arriba los llevará a disfrutar de la presentación, en vivo, de la novena versión (2023) de Haina de Jazz

Iván Fernández

----- 1 de 2 -----

Desde que iniciamos en 2006. hemos publicado entrevistas a diversos actores en el jazz en nuestro país, con la meta de dar a conocer a nuestros músicos, los que viven aquí o fuera; a músicos que han venido a participar en un concierto o un festival en nuestro territorio y a otros actores de importancia, como son los productores de programas radiales, de festivales, de conciertos, de eventos.

Mi amigo Iván Fernández es uno de los más activos promotores y productores de eventos en nuestro país, así como de programas radiales; ya sean eventos multitudinarios en el Centro Olímpico, conciertos en el Teatro La Fiesta del Hotel Jaragua, además de su Festival Internacional de Jazz Restauración; ya sean muchos de rock, pop latino, merengue, salsa, música brasileña y, por supuesto, jazz. Lo cierto es que Iván lo trae, siempre y cuando cumpla con ser una excelente propuesta.

Iván nació en el 1953, creció en Ciudad Nueva, realizó sus estudios en los colegios San Judas Tadeo y Calasanz, la secundaria en APEC. A través de los años ha trabajado en el área de mercadeo y publicidad, así como en las casas Licoreras Bermúdez y Barceló, luego en producción de comerciales en Videotel y Chea Film y, por supuesto, en la ardua labor de traer artistas a nuestro país. Nos dice Iván que, "la música es el 85% de mi vida".

Desde el 1982 Iván está incursionando en la producción eventos de calidad. Ha traído a afamados artistas como Gato Barbieri, Arturo Sandoval, Eumir Deodato. Bobby Sanabria, Air Supply, English Beat, Sergio Mendes, Néstor Torres, Roberto Perera, Airto Moreira, Flora Purim, Chick Corea, Bob James, John Patitucci, Special EFX, Jon Secada, Kansas, Alphaville, Pep Shop Boys, Michael McDonald, Dave Grusin, Lee Ritenour y Chuck Mangione, entre otros.

Hace poco disfrutábamos de un excelente ambiente y, mientras se disfrutaba de jazz, un buen ron y unos cigarros, conversamos sobre su vida en este mundo del espectáculo. Estoy muy agradecido por el tiempo que sacó. A continuación la primera de dos partes del resultado de nuestro intercambio.

Jazz en Dominicana (JenD): ¿Quién es Iván Fernández, según Iván Fernández?

Iván Fernández (IF): Esa es una pregunta difícil de contestar, porque uno catalogarse de esto o aquello es complicado, pero trataré de complacerte con mi respuesta, aquí vamos. Iván es una persona muy inquieta siempre tengo que estar produciendo algo, 85% es musical, siempre tengo o trato de tener música de fondo para todo. Me encanta inventar y lograr éxito en lo que hago. Soy muy familiar y amistoso, soy amigo de los amigos, solidario, condescendiente, creativo, amoroso, curioso. Me encantan los deportes, la playa, la montaña. Soy sincero, no soporto el egoísmo, soy colaborador, me encantan los debates. En fin, creo que soy una buena persona.

JenD: ¿Cómo entras en el mundo de la producción de eventos?

IF: Por el año 82 estuve participando en el 1er. Torneo Mundial de Boxeo Juvenil, en el cual era miembro del Comité Organizador, representando a la compañía Barceló, que estaba apoyando dicho evento junto a la Gulf & Western. Tuvimos una cena en la explanada de la Plazoleta de Altos de Chavón y ahí tuvimos la oportunidad de conocer y ver la actuación de Gato Barbieri, a la que se le antepuso la de Tavito Vásquez. Tuve esa grata sorpresa, hice los ajustes para traerlo al país seis meses después y así empieza mi magia de la producción.

JenD: Háblanos de tu historial como promotor y productor de eventos.

IF: 1982, luego de hacer las dos presentaciones de Gato Barbieri, que era una solo presentación, pero tuvimos tanto éxito que nos vimos en la necesidad de abrir otra. Ambas fueron sold out. Luego seguimos, 1983: Chick Corea en el Teatro Nacional; 1984: Bob James en Altos de Chavón; 1985: Sergio Mendes & Brasil 66 en el Teatro Nacional; 1986: The Producers en Altos de Chavón; 1987: Michael McDonald en Altos de Chavón; 1988: Bob James en Altos de Chavón; 1989: America en Altos de Chavón; 2003: Gato Barbieri en el Teatro La Fiesta del Hotel Jaragua; 2004: Jon Secada en el Teatro La Fiesta; 2005: Lee Ritenour & Dave Grusin en el Teatro La Fiesta; 2005: Skip Festival en Altos de Chavón con Kansas, Alphaville, Air Supply, y Claudio Piantini; 2006: Dj's Benoit Buddha Bar en el Parque Dominico, Murano & Discoteca Santiago; 2007: DJ's Buddha Bar Ravin Taboo Bamboo; John Pattitucci en el Teatro la Fiesta; 2008: Chieli Minucci & Special EFX en el Teatro La Fiesta; 2009 & 2010: Big Band Mania I & II con Arturo Sandoval & la SDJBB en el Teatro la Fiesta; 2010: Gato Barbieri en el Teatro La Fiesta; 2011, 2012, 2013, 2014: Néstor Torres en el Teatro Nacional, en Santiago, y en el Teatro La Fiesta; 2013: Gato Barbieri en el Teatro La Fiesta; 2012: Eumir Deodato & la SDJBB en el Teatro La Fiesta; 2015-2016: Néstor Torres en el Teatro la Fiesta; 2015: Néstor Torres, Roberto Perera, Sandy Gabriel, Rafelito Mirabal, Chieli Minucci, Ramón Vázquez, Giovanni Hidalgo, Alex Diaz, Javier Vargas & La Banda del Conservatorio Nacional de Música en el Festival de Jazz Restauración; 2016: en el mismo Festival: Socrates Garcia & sus amigos, Big Band, Ryan Middaym, Brad Goode, Ramón Vázquez, entre otros. En el Festival Restauración 2017: Eumir Deodato, Luis Perico Ortíz, Moncho Ríos, Federico Méndez Jazz Combo, Ernán López-Nussa, Sabrina Estepan, Jorge Laboy, Ramón Vázquez, el Grupo Licuado del Maestro Crispin Fernández, entre otros. La versión 2018 del Festival Restauración contó con Ed Calle, Jerry Medina, Manolito Rodríguez, Orlando Cardoso, Virgilio, Pengbian Sang & Retro Jazz, Micky Creales & Flor de Fango Jazz Band. Festival Restauración 2019: Jon Faddis, Corey Allen, Marcio Garcia, Myles Sloniker, David Sánchez, Giovanni Hidalgo, Hendrik Muerkens, Oscar Stagnaro, Joel Taylor, Gustavo Rodríguez, Pirou, Sly De Moya, Daroll Méndez, entre otros.

JenD: Hasta la fecha, ¿cuáles han sido los momentos de mayor satisfacción en esta rama?, ¿con cuáles agrupaciones?

IF: Son muchos los momentos. Por ejemplo, las presentaciones de Gato Barbieri, quien me catapultó a este mundo de los conciertos; las de Arturo Sandoval con la Santo Domingo Jazz Big Band; las Mambo Manía que hicimos conjugando el talento criollo que no tienen ese nombre y apellido sonoro como el de Sandoval, pero con una calidad A1; las de Néstor Torres, siempre aceptada por el publico; Chick Corea espectacular siempre; la caballerosidad de Eumir Deodato con la SDJBB & Federico Méndez Jazz Combo; Sergio Mendes, Bob James, la magistral presentación de Dave Grusin y Lee Ritenour con nuestro Sandy Gabriel, Chieli Minucci & Special EFX; las noche de jazz en las escalinatas muy satisfactorias. Todos los shows que produzco, se dan porque me gustan los artistas. Por ejemplo, esa presentación de Airto Moreira & Flora Purim...uff, más los Festivales Internacionales de Jazz Restauración que han sido un sueño hecho realidad. Más o menos esos son los más importantes que he realizado y con más placer.

JenD: ¿Qué has aprendido a través de los años en este negocio?
IF: A no perder dinero por el simple hecho de hacerlo sin patrocinio, no puedo hacerlo el mundo ha cambiado y en esta rama igual.

JenD: Háblanos de las experiencias con la Santo Domingo Jazz Big Band y sus presentaciones.

IF: Bueno, qué te digo... la primera vez que tuve contacto con ellos fue en el salón Papa Molina de CERTV en un ensayo que tenían y cuando le comenté que quería traer a Arturo Sandoval para que ellos lo acompañaran se quedaron escépticos, principalmente Pengbian Sang. Dentro de la Big Band tenia algunos amigos músicos y hablaron de su experiencia positiva de trabajar conmigo y convencieron a Pengbian de realizar el proyecto tributo Pérez Prado en el cual Sandoval ganó Grammy. Con Eumir Deodato también fue buena experiencia y gran resultado.

JenD: ¿Cómo y cuando empiezas con Compasillo Radio?

IF: Empieza a raíz de una presentación por el 2002 de Gato Barbieri en La Fiesta del Jaragua y el Productor, César Namnúm, junto a los colaboradores de los Lunes de Jazz, José Isidro Frías & Jimmy Hungría. Este último me llama para que fuera a hablar del concierto, a ellos les gusto mi forma de conversar y me pidieron que después que pasara el concierto me integrara al grupo y de ahí ya sabes, 22 años y contando.

JenD: Compasillo Radio ha estado presente en la mayoría de los festivales en nuestro país, así como muchos conciertos. ¿Cómo han sido estas experiencias de llevar festivales a todo el territorio nacional por la radio y al país, y al resto del mundo en el internet a través de www.compasillo.com?

IF: Es agradable hacerlo. Algunos no le dan la importancia que se merece esa acción (esos son menos), otros nos llaman para invitarnos ya que cuando transmitimos se conectan entre 8 mil a 14 mil oyentes. Somos pioneros en transmisiones por internet en todo el mundo y eso lo comprobamos, nos dicen de qué país están conectado y hasta la ciudad. Se ha transmitido hasta fuera del país como en el famoso club de jazz Blue Note en Nueva York, un concierto del antiguo Festival de Newport con el Ron Carter Trio, con entrevista y todo. Por cierto, no se pudo transmitir a Michel Camilo, y no se sabe todavía por qué.

----- 0 -----

Hasta aquí llegamos con esta primera parte de la entrevista con Iván Fernández. En la próxima hablaremos sobre el Festival Internacional de Jazz Restauración, sus opiniones sobre diversos temas y más.

----- **2 de 2** -----

Iván Fernández lleva muchos años programando y haciendo eventos de mucha calidad en nuestro país. Ha presentado artistas de diversos géneros musicales, entre estos Gato Barbieri, Arturo Sandoval, Eumir Deodato, Bobby Sanabria, Air Supply, Sergio Mendes, Néstor Torres, Roberto Perera, Airto Moreira, Flora Purim, Chick Corea, Bob James, John Patitucci, Special EFX, Jon Secada, Kansas, Pep Shop Boys, Michael McDonald, Dave Grusin, Lee Ritenour y Chuck Mangione.

Siempre inmerso en sus quehaceres, sea para un evento o un festival. Estoy muy agradecido de que sacara tiempo para esta entrevista. A continuación, la segunda parte:

Jazz en Dominicana (JenD): ¿Cómo surge el Festival Internacional de Jazz Restauración?

Iván Fernández (IF): Surge de una forma muy peculiar, una amiga me pide que le haga un concierto para una Fundación. Se me ocurre llamar a Eumir Deodato que hacía un mes, más o menos, estuve con él en NYC, me dijo que quería volver al país a tocar. Lo llamé y me dijo, "y porque no aprovechas y llamas a tus amigos músicos y creas ese festival que tanto has pensado". Y así surge el Festival Internacional de Jazz Restauración, y lo curioso fue que Eumir Deodato no pudo venir porque tuvo que participar en los Juegos Olímpicos de Brasil haciendo la apertura y el cierre.

JenD: ¿Qué misión o estrategia se han trazado para que este festival perdure entre los que ya existen en el país?

IF: Realmente es el festival que tiene el mejor escenario, La magistral Fortaleza Santo Domingo, llamada Fortaleza Ozama, patrimonio cultural de la humanidad. Fue concebido para hacerse en ese lugar y no lo veo fuera de ahí, por lo menos debo adaptar la idea de un cambio de venue. Solo en su primera versión hubo 9 artistas extranjeros más 32 dominicanos.

JenD: ¿Por qué un solo día?

IF: Los recursos son difíciles, pero este año tengo la idea de dos días, uno que sea bien nuestro y popular, y otro de jazz.

JenD: El Covid interrumpió la celebración del festival en el 2021, luego de cinco entregas, más tarde, en 2022, no se pudo, ¿volverá este año?

IF: Estoy en espera de los permisos del Ministerio de Cultura y de Patrimonio …todo listo para realizarse.

JenD: ¿Cómo consideras que el festival ha venido desarrollándose y cómo ha crecido?

IF: La música que exponemos en el Festival Internacional de Jazz Restauración está cogiendo mucho auge entre los jóvenes que, así mismo, están interesados en estudiar y manifestar la música del jazz, con esos iconos que traemos y realizamos clases magistrales, procuramos inculcar y atraer a los jóvenes a practicar e interesarse en el jazz. Claro que ha crecido, hace más o menos 15 años se habían graduado no más de 10 estudiantes en Berklee College of Music, hoy en día deba haber más de doscientos y eso nos hace sentir que lo estamos logrando.

JenD: La manera en que "armas" las agrupaciones es muy "suis generis", ¿cómo lo haces? ¿qué tan difícil es que en poco tiempo los músicos se acoplen?

IF: Ya eso es menos complicado ya que la mayoría de los músicos leen y con las partituras enviadas con tiempo la practican y luego cuando llega el músico titular y apellido internacionalmente se ensaya, y cundo digo músico con nombre y apellido es porque lo han logrado internacionalmente. Ejemplo: Michel Camilo, Mario Rivera, Sandy Gabriel, Chichi Peralta, Raphael Cruz, Marcio García, para mencionarte unos cuantos. Una vez me dijo Arturo Sandoval sobre la Santo Domingo Jazz Big Band, que esa Banda no tenía nada que envidiarle a la Big Band de Count Basie.

En ese concierto, me acuerdo le pediste "amores" a tu Ilusha (Risas)…buenos recuerdos.

JenD: ¿Qué tipo de balance buscas entre los artistas locales y los internacionales?

IF: Armonía y complicidad y demostrar que tenemos

músicos tan buenos como los extranjeros.

JenD: Iniciaste el programa radial Entre Notas, ¿cómo va ese proyecto?

IF: El programa radial Entre Notas, que era un deseo, ya es una realidad, pues tenemos ya casi tres años en el aire, 145 episodios, con algunos repetidos por petición o por complicaciones para realizarlo. Me toma varias horas prepararlo para que lleve armonía y ritmo. Hacemos temáticas como el amor, damas del jazz, bossa, de instrumentos con piano, trompeta, saxo, bajo, baterías, percusión, Big Band, vocalistas... son muchos los que se pueden hacer y principalmente comentando y poniendo músicos que hemos traído y que han marcado nuestra vida. Así mismo empezamos a escribir nuestras inquietudes musicales con Entre Notas el Libro.

Opiniones.

JenD: ¿Qué papel juega la prensa (escrita, radial, televisiva o digital) o qué importancia tiene para ti, tus proyectos y estos eventos?

IF: Siempre es importante contar con los medios sean escritos, radiales, televisivos o digitales, que ahora tienen tanta importancia por lo versátil que son y su rápida difusión. Vengo de la radio.

JenD: ¿Cómo ves el jazz en nuestro país, a nivel de género musical ? ¿Cómo lo ves a nivel comercial?
IF: Creo que el jazz como género musical está en uno de sus mayores niveles debido a la difusión que le dan personas como tú, yo y otros. Todos estamos logrando difundir masivamente. A nivel comercial no ha calado todavía.

JenD: ¿Qué piensas de nuestros músicos?

IF: Excelente, muy buenos, algunos extraordinarios, superándose todos los días más gracias a varias escuelas de música como el Conservatorio Nacional de Música y la UNPHU. Buenos profesores, muy superados ya y seguirán superándose.

JenD: ¿Qué ves como la próxima frontera para ti?

IF: La frontera para mí no existe, lo que pasa es que ya los recursos no se pueden gastar tan olímpicamente como cuando eras más joven y sin esa carga de compromisos familiares Soy más cauto al hacerlo. Estas locuras que uno hace apostando a la buena música y al jazz no es tan fácil para mí hoy en día.

JenD: ¿Qué planes hay para Iván Fernández en lo que resta de éste 2023?

IF: Seguir trabajando, lograr hacer el Festival, más catas de cigarros y algún otro invento que se le ocurra a uno.

JenD: ¿Qué más compartir con nuestros lectores?
IF: Pedirle que sigan apoyando los eventos, a nuestros músicos que se sigan formando y así lograrán el éxito deseado y la aceptación del público. Muchas gracias, Fernando, por dejarme expresar y por tu invitación, fuerte abrazo a todos tus lectores.

----- 0 -----

El QR de arriba le llevará a la presentación de Roberto Perera tocando "Vení Conmigo" con Rafelito Mirabal y Sistema Temperado en el Festival Internacional de Jazz Restauración el 15 Agosto 2015!

Bryan Paniagua
----- 1 de 2 -----

Siempre he dicho que el futuro de nuestro jazz está en buenas manos, y he querido, a través de varias de las entrevistas, presentarles jóvenes que están trabajando duro para ser las próximas torres de relevo del género en nuestro país.

En esta ocasión, haré dos entrevistas a dos seres humanos fuera de serie como jazzistas. Son los hermanos Bryan y Eliezer Paniagua. A ambos los conocí a través de las presentaciones de los ensembles de la Escuela Internacional de Música Contemporánea de la UNPHU en los diversos espacios de jazz en vivo de Jazz en Dominicana.

Comenzaré con Bryan, el hermano mayor, quien es un músico independiente que inició a los 15 años en el Instituto CanZion Dominicana, su pasión por la música creció ahí, luego se graduó con honores y siguió estudiando en el Conservatorio Nacional de Música. De ahí pasó a la UNPHU en el 2016, estudió 6 meses en la Hochschule Für Musik und Theater Hamburg (HFMT) en 2018, luego se graduó cum laude como Licenciado en Música Contemporánea.

Ha colaborado con Joel Montalvo & Tribu Urbana, Néstor Ortega, Samuel Reyes, Johan Paulino, José Virgilio Peña Suazo, Joshy & 4jazz, Eric Litman, Oscar Micheli Trío ,Rafael Solano, Niní Cáffaro, Amaury Sánchez, Manny Cruz, 4 in Tune, 95 Norte, Gustavo Rodríguez, Michael Langkamp, Gerson Arvelo, Federico Méndez, CanZion Band Dominicana, Mercy Group, Rose, Gadiel Espinoza, Alfredo Balcácer, Maridalia Hernández, Anthony Jefferson & Corey Allen Quartet, Sony xperia's launching in Dominican Republic, Pavel Núñez, el musical Mariposa de Acero (Waddys Jacquez, Honey Estrella, Nashla Bogaert), Raul Di Blasio, Adalgisa Pantaleón, y Diomary La Mala, entre otros.

Recientemente, Bryan y yo nos reunimos en el Lounge del Dominican Fiesta, previo a una de sus presentaciones en el Fiesta Sunset Jazz, para realizar esta entrevista, publicada en dos entregas.

Jazz en Dominicana (JenD): ¿Quién es Bryan Paniagua según Bryan Paniagua?

Bryan Paniagua (BP): Bryan Paniagua es alguien muy disciplinado, enfocado, con metas muy claras y conservador, abierto a absorber cualquier información que sea útil y muy temeroso a Dios y a sus enseñanzas.

JenD: ¿Cómo te inicias en la música? ¿Por qué la batería?

BP: Todo empieza en la iglesia a la edad de 14 años, como he dicho en otras ocasiones cuando vi la batería fue como amor a primera vista, recuerdo que yo era jugador de baseball y en un servicio vi a un baterista llamado Adrian Recio, fue el primero en darme unas lecciones, me gustó tanto las clases que solté el baseball y en lugar de levantarme temprano a correr, empecé a practicar mucho tiempo a solas con una "batería" casera que recuerdo que el snare era un cuaderno y el hi-hat una almohada; luego, mi papá me compró una batería nueva y ahí inició toda esta aventura de la música.

JenD: ¿Quiénes te han influenciado?

BP: Mis padres, mi círculo de amigos cercanos y maestros.

JenD: Tu hermano Eliezer es músico también. ¿Cómo fue crecer y caminar juntos en la música? ¿Hay rivalidad entre ustedes?

BP: Muy divertido en verdad. El empezó primero que yo, pero ha sido muy gratificante, rara vez estamos en desacuerdo con algo, y el trabajar juntos ha fortalecido nuestra hermandad. En cuanto a rivalidad, no hay, porque tenemos intereses muy diferentes; más bien, son intereses que nos complementa mucho.

JenD: ¿Qué opinión tienes de tu hermano como músico?

BP: Como músico, es uno de los mejores que he visto en mi carrera, no lo digo porque sea mi hermano, es que toca muchos instrumentos y los toca correctamente.

JenD: ¿Cómo iniciaste tus estudios? ¿Dónde y cómo fueron tus estudios?

BP: Inicié mis estudios formales en el Instituto CanZion Dominicana, luego de ahí fui al Conservatorio Nacional de

Música. Después, duré unos años en la UASD, participé en los programas de Berklee en Santo Domingo, en 2016 inicié mis estudios en la Escuela Internacional de Música Contemporánea de la UNPHU y fui a Alemania a la Hochschule Für Musik und Theater; luego, regresé y me hice Lic. en Música Contemporánea Mención Performance.

JenD: ¿Quiénes fueron los profesores que te ayudaron a llegar a los niveles que te encuentras?

BP: Uno de los maestros que ha sido de mucha influencia para mí se llama Gerson Arvelo. Con él aprendí a ser disciplinado, enfocado y sobre todo buena persona. Otra gran influencia es el maestro Corey Allen, uno de los maestros que más me influenció en la UNPHU, me enseñó sobre armonía, arreglos, etc.; y me enseñó sobre el negocio y cómo un músico debe manejarse y ser profesional. Otro ha sido Federico Méndez, le tengo un profundo agradecimiento. Gracias a él, entré al circuito profesional de la música y pude explotar mis habilidades con la lectura.

Otros maestros son Hussein Velaides, Toné Vicioso, Gustavo Rodríguez, y una que quiero mencionar es Teresa Brea, con ella aprendí a manejarme y tener diplomacia.

JenD: ¿Qué ha significado la Escuela Internacional de Música Contemporánea para ti?

BP: Es mi alma mater, donde me di a conocer, donde pude explotar mi potencial, crecer, y ser el profesional que hoy soy.

JenD: ¿Qué significó para ti haber participado del intercambio de la Escuela de la UNPHU con la Hochschule für Musik und Theater de Hamburgo en Alemania?

BP: Para mí fue la experiencia musical y académica más importante de mi carrera. Ahí pude explorar tantas culturas, puntos de vista, sobre todo pude asentar, fortalecer mi identidad como persona y como músico.

JenD: ¿Además del jazz, cuáles géneros te gustan?

BP: Me gusta mucho el rock, la música alternativa, el gospel, el nu metal, el rock progresivo. Mucha gente no lo cree porque interpreto jazz, fusión, latin entre otros; pero imagínate, soy un ex atleta campeón en varias disciplinas, y esa energía sigue ahí y la expreso en el rock y sus derivados. Hasta aquí llegamos con la primera parte de este encuentro.

----- **2 de 2** -----

El 21 de abril de este año se realizó el debut formal del Bryan Paniagua Trío en el reconocido espacio Fiesta Sunset Jazz.

Sobre el concierto escribí:

"Para los fans del jazz en el país, así como del Fiesta Sunset Jazz, es una gran alegría presenciar el nacimiento de un nuevo proyecto, de un nuevo grupo. El pasado viernes, 21 de abril, a escasos días de celebrar la efeméride del Día Internacional del Jazz, debutó el Bryan Paniagua Trío. El baterista Paniagua, quien se ha presentado en muchas ocasiones formando parte de diversas agrupaciones, salió a la tarima del reconocido espacio al frente de su propio proyecto, acompañado de Roque Deschamps en la guitarra y Eliezer Paniagua en el bajo. El grupo hizo entrega de un balanceado repertorio que incluyó las composiciones originales de Bryan, Climax y Night in Germany, y piezas del jazz contemporáneo con originales arreglos, como como Odd Elegy de Dhafer Youseff y Bandits de Nir Fielder. El resultado fue una excelente noche de jazz, moderna, progresiva y de alta calidad".

Continuemos con la segunda parte de la entrevista.

Jazz en Dominicana (JenD): ¿Cómo te ha ayudado tocar muchos estilos y géneros con diversos grupos?

Bryan Paniagua (BP): Me ha ayuda mucho, sobre todo para entender el negocio. Es decir, me encantaría "rockear" todos los días, pero los negocios son negocios y tengo que adaptarme a la oferta y demanda.

Si me llaman para tocar un género X, haré todo lo posible para cumplir con las exigencias de quienes me contratan.

JenD: Nombra algunos de los grupos con los que has tocado, sus estilos o géneros, y ¿que fueron estos para ti?

BP: Actualmente estoy trabajando en el musical Mariposa de Acero, me gusta mucho este proyecto, trabajar con Waddys Jáquez y Pablo García es todo un placer, sobre todo por el sistema de trabajo y profesionalidad. Este proyecto es super variado, tiene bachata, merengue, pop, rock, jazz, salsa, rap, prácticamente tienes que tener todos los géneros por el libro.

También con Gaby De Los Santos. Amo este proyecto, es prácticamente una familia y próximamente saldrá un disco que está exquisito. Es rock alternativo, pero tiene una identidad muy marcada de nosotros.

Y con mi trío de jazz.

JenD: ¿Practicas mucho? ¿Qué rutinas utilizas y recomiendas para mejorar habilidades musicales?

BP: Practicaba mucho. Ya el tiempo de practicar 8 y 9 horas pasó, ahora es tiempo de tocar, innovar y aportar buena música. Mi recomendación es practicar todo lo que pueda cuando uno está en la etapa de estudio, como si no hubiera mañana, porque cuando estás en varios proyectos no hay tiempo. Yo duré 10 años practicando 8 a 9 horas de lunes a viernes, y hoy me ha servido para mucho.

JenD: ¿Cuáles álbumes musicales te han influenciado?

BP: Imaginary Day - Pat Metheny; The Beautiful Letdown – Switchfoot; Gently Disturbed - Avishai Cohen;

Suspended Sea - Alfredo Balcacer; Unstoppable

Momentum - Joe Satriani; Until We have Faces – RED.

JenD: ¿Qué música escuchas en estos días?

BP: En estos días he estado consumiendo mucha fusion, como por ejemplo Yasser Tejeda, Robben Ford, Pat Metheny, entre otros.

JenD: ¿Cómo ha sido la experiencia de componer música? ¿Alguna se encuentra ya grabada?

BP: Ha sido una hermosa experiencia porque ahí he podido plasmar mi identidad y me estilo propio. En mi canal de youtube hay arreglos y composiciones. El canal se llama Bryan Paniagua.

JenD: ¿Hay álbum en camino?

BP: Sí, posiblemente a finales del próximo año.

JenD: Tienes tu propio proyecto musical. Háblanos sobre del mismo.

BP: Estoy trabajando fuertemente en mi estudio de grabación BPM Studio.

Es un proyecto ambicioso con la finalidad de promover las grabaciones remotas y educación online, también busca promover composiciones y arreglos de varios artistas y ser una alternativa para los jóvenes productores.

JenD: Para ti, ¿qué es el Afro Dominican Jazz? ¿Existe hoy en día el Afro Dominican Jazz?

BP: Es jazz con influencias de ritmos dominicanos; pero en mi opinión, es difícil porque es mas allá de tocar acordes con una tambora. Llegar a ese balance perfecto toma tiempo y mucha exploración. Puedo citar a Josean Jacobo, Isaac Hernández, Alfredo Balcácer, Yasser Tejeda y Toné Vicioso, en mi opinión, lograron ese objetivo. ¿hay más exponentes? Por supuesto.

JenD: ¿Cuál es tu opinión sobre el estado del jazz en nuestro país?

BP: Veo un gran futuro y mi generación trabaja muy duro para seguir llevándolo en alto.

JenD: Responde lo primero que te venga a la mente. Bryan Paniagua.

BP: Disciplina.

JenD: Eliezer Paniagua.

BP: Hermandad.

JenD: UNPHU.

BP: Trabajo Duro.

JenD: Hochschule für Musik und Theater de Hamburgo, Alemania.

BP: Superación.

JenD: ¿Qué ves como la próxima etapa musical para ti?

BP: Tocar de nuevo fuera del país y llevar la dinastía Paniagua a otro nivel, más allá de tocar.

JenD: ¿Qué otros planes hay para Bryan Paniagua en 2023?

BP: Actualmente soy docente en el Instituto Tecnológico Las Americas en el área de sonido y multimedia, me gusta mucho lo que estamos haciendo con la nueva generación en cuanto sonido se refiere y actualmente estoy feliz con los resultados.

JenD: ¿Qué otra cosa quisieras compartir con nuestros lectores?

BP: **Mira, que te mando que te esfuerces y seas valiente; no temas ni desmayes, porque Jehová tu Dios estará contigo en dondequiera que vayas. Josué 1:9.**

Yo me esforcé, fui valiente y puse mi carrera en manos del Creador que yo creo que se llama Jesucristo.

Gracias Fernando por esta maravillosa oportunidad de compartir un poco sobre mí.

----- 0 -----

El QR de arriba le llevará a la presentación del Bryan Paniagua Trio en YouTube:

Desde la República Dominicana, Jazz en Dominicana y el Bryan Paniagua Trio presentan el arreglo original Odd Elegy (Dhafer Youseff) para nuestros amigos del New Orleans Jazz Museum con motivo del Día Internacional del Jazz 2023!!

Eliezer Paniagua
----- 1 de 2 -----

Días atrás publiqué la entrevista del baterista dominicano Bryan Paniagua. En la introducción escribí, "en esta ocasión, haré dos entrevistas a dos seres humanos fuera de serie como jazzistas" ... Pues hoy compartimos con nuestros lectores el encuentro que sostuve con Eliezer Paniagua, el menor de los hermanos músicos Paniagua Martínez.

Eliezer es músico, compositor, arreglista y productor. Es oriundo de Santo Domingo. Inició sus estudios musicales a los 12 años, con el saxofón como instrumento principal. A la edad de 15 empieza a vincularse en la música profesional, la cual, a través del tiempo, le ha dado experiencia tocando en eventos de gran importancia en el país, entre los que están el Festival Internacional de Jazz Restauración, el Santo Domingo Jazz Festival en Casa de Teatro, además de acompañar a artistas como Rafael Solano, Danny Rivera, Maridalia Hernández, Jacqueline Estévez y Manny Cruz, entre otros.

Ha tocado bajo la dirección de importantes directores y productores musicales como Manuel Tejada, Alfio Lora, Federico Méndez, Pengbian Sang y Amaury Sánchez, entre otros.

Como parte de su educación musical tuvo la dicha de estudiar en la Hochschule Für Musik und Theater Hamburg (HFMT), por medio de un intercambio interinstitucional con la UNPHU, recibiendo enseñanzas de importantes músicos de Europa, entre los que se encuentran Siete Felsh y Wolf Kerschek.

Al igual que ocurrió con Bryan, la entrevista será publicada en dos partes, y aquí iniciamos con la primera entrega.

Jazz en Dominicana (JenD): Iniciamos la entrevista pregunto, ¿quién es Eliezer Paniagua según Eliezer Paniagua?

Eliezer Paniagua (EP): Creo que me considero una persona en constante búsqueda de ser mejor cada día con todo y todos lo que me rodean y, sobre todo, una persona que tiene a Dios en primer lugar para todo lo que hace.

JenD: ¿Cómo te inicias en la música?

EP: Realmente creo que fue entre los 8 o 9 años, yo inicié tocando percusión en la iglesia donde todavía me congrego, siempre me sentí y me sigo sintiendo muy inclinado a los instrumentos de percusión. Ya luego a los 11 años mi papá me compró mi primer saxofón, luego de esto inició una montaña rusa con relación a mi crecimiento como músico.

JenD: ¿Cómo llegas a ambos el bajo y el saxofón y cuál de los dos prefieres más

EP: Entre ambos instrumentos hay una diferencia de 12 años. Inicié con el saxofón después de ver a la persona que fue mi primera inspiración, su nombre es Omar "Omarcito" Cabrera. Él ensayaba un repertorio de merengue con su papá y otros músicos en la marquesina. Una vez los vi tocando el merengue "Los Algodones", al escucharlo tocar la introducción del mismo, me enamoré del saxofón hasta el día de hoy.

El bajo lo tomé en momento bastante difícil de mi vida, ya que tuve un break un poco forzado en la música, digo forzado porque fue en el 2020, año en el que todo el mundo tuvo un cambio en su vida. En mi caso caí en una semi depresión y dejé todo lo que tuviera que ver con música. Realmente fue uno de los momentos más difíciles de mi vida con relación a mi amor por la música; poco después de haber dejado todo, tuve una oportunidad de comprar el bajo que tengo. El bajo fue el instrumento que me permitió mantenerme atado a la música, ya que lo tomé como un reto, quería aprenderme un sin número de repertorios que son muy demandantes y sin darme cuenta yo estaba estudiando hasta 6 horas al día.

Decir cuál de los dos instrumentos prefiero va a depender del mood con el que me despierte cada día.

JenD: ¿Quiénes te han influenciado?

EP: Mis padres siempre han sido el motor principal, Omar "Omarcito" Cabrera, mi hermano Bryan Paniagua, mis amigos con los que inicié la música, Federico Méndez, Gerson Arvelo, Eduardo Albuerme y Weily Alcequiez.

JenD: Tu hermano Bryan es músico también. ¿Cómo fue crecer y caminar juntos en la música? ¿Hay rivalidad entre ustedes?

EP: Creo que sigue siendo de las cosas más divertidas de mi carrera, siempre lo he dicho y lo mantengo, tocar con mi hermano me permite explorar la mínima ideas que yo tenga en mi cabeza. Realmente hemos pasado la mayor parte de los momentos más importantes de nuestra carrera juntos, y no refiero a importante a tocar con gente de alta envergadura, sino a los momentos que nos marcaron como los músicos que somos ahora.

Entre nosotros nunca ha habido rivalidad, nuestros padres siempre nos ensañaron a ser muy unidos y hasta el sol de hoy ha sido así, a niveles que, todavía nos ensañamos el mínimo proyecto que hacemos de forma individual como si fuéramos los niños que éramos cuando iniciamos esta carrera.

JenD: ¿Cómo y dónde iniciaste tus estudios?

EP: Inicié con Omar Cabrera en mi primer año con el saxofón, luego de eso pasé al centro cultural Narciso González con el profesor Claudio Reyes, ahí fue que inicié con mis estudios de lectura musical y continué los estudios del saxofón. Luego pasé al Instituto Canzion, donde tuve una de las experiencias académicas más divertida de mi carrera: cuando yo tenía unos 12 años, ya nosotros estábamos experimentando con música de Chick Corea, Avishai Cohen, entre otros… realmente en Canzion fue donde tuve mi primer contacto directo con el jazz. Luego pasé al Conservatorio Nacional de Música, después fui a la Escuela Internacional de Música Contemporánea de la UNPHU y luego fui a el Hoschule für Musik und Theater en Hamburgo.

JenD: Menciona los profesores te ayudaron a llegar a los niveles que has llegado hoy día.

EP: Eduardo Albuerme, Gabriel Parra, Fiete Felsch, Federico Méndez, Pengbian Sang, Corey Allen, Gerson Arvelo y Teresa Brea.

JenD: ¿Qué ha significado la Escuela Internacional de Música Contemporánea para ti?

EP: La escuela de música fue el lugar que me permitió encontrar una nueva familia en la música. Esta se convirtió en mi segunda casa, cuando iniciamos la carrera, los de mi promoción vivíamos de 10 a 12 horas juntos. Ese grupo, junto a los profesores, casi nos volvimos una familia. La escuela es mi principal catapulta para ser quien soy hoy.

Actualmente tengo una posición bien fuerte en la escuela de música ante todos los nuevos estudiantes que han ingresado y ante las generaciones que entraron después de la mía; y es que tienen que ser buenos, ellos no pueden dejar caer el nivel que dejamos un grupo de estudiantes sedientos de conocimiento y con ganas de ser mejores cada día. Tal vez se escuche arrogante, y puede que lo sea, pero soy defensor de que "todos en la vida tenemos que intentar ser mejores cada día", y no me refiero a superar al compañero o profesor, nada que ver, me refiero a conocer todos nuestros límites e intentar superarlos. Es lo que intento de cultivar en esos muchachos que vienen creciendo en la escuela.

----- 0 -----

Hasta aquí llegamos con la primera parte. En la próxima estaremos dialogando sobre los géneros que más le gusta tocar a Eliezer, su experiencia con varias agrupaciones, qué está escuchando en estos días y más.

----- 2 de 2 -----

Cuando el Eliezer Paniagua Quartet debutó exitosamente y a casa llena, el pasado 4 de agosto, en el reconocido espacio Fiesta Sunset Jazz, escribimos las siguientes palabras:

El Fiesta Sunset Jazz presentó a un cuarteto de jóvenes músicos que han aceptado, exitosamente, el reto de ser integrantes activos de la nueva era del jazz en el país, el Eliezer Paniagua Quartet. Los presentes disfrutaron del variado repertorio entregado por Eliezer, su hermano Bryan en batería, Diego Payán en bajo y del cubano Kevin Arrechea en piano, más sus especiales invitados. Ampliamente aplaudido durante toda la noche, el grupo exteriorizó un sonido definido, de una madurez musical exquisita, en los que la complejidad de las armonías, las texturas y los ritmos del jazz fusion, el neo-soul y otros estilos del mismo aire, reinaron durante toda el concierto. Resultó ser una noche en la que todos presenciaron el crecimiento de esta juventud que dice presente, a través de tan sincera expresión de su arte.

Con esta breve reseña damos la bienvenida a nuestros lectores a esta segunda y última parte de la entrevista realizada a Eliezer Paniagua.

Jazz en Dominicana (JenD): ¿Cuáles géneros musicales te gustan y por qué?

Eliezer Paniagua (EP): Soy amante y defensor del merengue, la bachata y la salsa, desde tocarla, bailarla, escucharla, realmente soy fanático con locura de estos géneros. Soy loco con el bolero por igual. A pesar de intentar tocar jazz y todos sus denominados, puedo decir que la música que realmente me hace sentir pleno es la música caribeña. No obstante, el jazz ha marcado un antes y un después en mi criterio por la música, a niveles que he influenciado mi estilo de composición y arreglo de música latina con todos los recursos que he aprendido del jazz.

JenD: ¿Cómo te ha ayudado el haber tocado tantos estilos y géneros con diversos grupos?

EP: Me ha ayudado mucho con la versatilidad. La escena artística de República Dominicana lleva a todos los músicos a ser versátiles, este país consume muchos géneros y estilos musicales y nosotros los músicos nos hemos visto en la necesidad de aprender a tocarlos todos. Yo considero que eso es algo que nos suma bastante a todos los músicos.

JenD: Nombra algunos de los grupos con los que has tocado.

EP: Retro jazz, Fede Méndez Jazz Combo, Maridalia Hernández, Filarmónica de Santo Domingo, Orquesta Dominicana de Vientos, Eumir Deodato, Corey Allen, entre otros.

JenD: ¿Consideras que ya tienes tu estilo, tu sonido?

EP: Realmente nunca me he sentido ni cerca del "sonido" que yo quisiera ya que vivo en una constante búsqueda de nuevos sonidos y colores.

JenD: ¿Practicas mucho? ¿Qué rutinas utilizas y recomiendas para mejorar habilidades musicales?

EP: Realmente no soy el músico que más practica ni nada por el estilo. Siempre intento tener objetivos claros en mi tiempo de práctica ya que es muy probable que me aburra de la monotonía de hacer lo mismo infinidad de veces. Considero que una de las cosas que todo músico debe de hacer con el mayor criterio posible es escuchar música, hay que escuchar mucha música, eso es lo único que puede permitir un crecimiento claro y conceptual en cada uno.

JenD: ¿Que significa el ser miembro de Retro Jazz?

EP: Una meta cumplida. Retro jazz fue uno de mis Dream gig cuando inicié el mundo de la música. Realmente me siento muy privilegiado de ser parte de ese increíble grupo, y sobre todo me siento afortunado de que Pengbian y todos los integrantes del grupo me aceptaran con tanta calidez y disposición a ayudarme a ser mejor cada día.

Por igual siento una responsabilidad inmensa ya que desde la hora cero siempre me he visto con el compromiso de honrar al primer saxofonista del grupo, el mismo fue una gran influencia para mí porque desde que inicié en el mundo profesional, siempre estuvo a mi lado, aconsejándome y ayudándome a ser el profesional que soy hoy, estoy hablando del gran Gury Abreu (EPD).

JenD: ¿Cuáles han sido los álbumes que te han influenciado?

EP: Creo que si te menciono un álbum te mentiría pero si tengo piezas que me han influenciado mucho en mi estilo de tocar. Entre estas puedo mencionar African Skies, álbum Out of the loop, The Brecker Brothers; Vuelo, álbum Multiplicity, Dave Weckl Band; Hide and Seek, álbum Freedom in the Groove, Joshua Redman, entre otros.

JenD: ¿Qué música escuchas en estos días?

EP: Ahora mismo estoy escuchando tres saxofonistas que me tienen fascinado y estoy escuchando con fines de crecimiento musical: Walter Smith III, Dayna Stephens y Jaleel Shaw. Ahora bien, lo que he estado escuchando últimamente para ese otro tiempo que no tiene que ver con estudios musicales, son José Alberto "El Canario", Issac Delgado y Gregory Porter.

JenD:¿Ya has compuesto música? ¿Cómo ha sido la experiencia? ¿Alguna de esta música se encuentra ya grabada?

EP: Sí, he compuesto mucha música, pero realmente soy de los que nunca cree suficiente mi propio trabajo como compositor y por la misma razón no he grabado nada de mi autoría.

JenD: ¿Hay álbum en camino?

EP: A corto plazo no tengo planes, pero a mediano plazo considero que pudiera sorprender con algún EP.

JenD: Háblanos de tu proyecto musical.

EP: Gracias a Dios pude encontrar a un grupo de locos como yo que no le tienen miedo a mis locas ideas y con ellos tenemos el cuarteto. Cuando tocamos, es inevitable no poder sonreír por la increíble emoción de tocar juntos.

JenD: ¿Como ves el talento que está preparándose para el futuro?

EP: Realmente me siento muy preocupado con el talento que viene en camino para la industria de la música de RD, ya que siento y veo que han minimizado demasiado la disciplina en ellos. Por igual siento y veo que los instrumentistas de viento metal (trombonistas y trompetistas) se están extinguiendo hasta cierto punto en el país. Realmente espero que tarde o temprano se levante una generación músicos dispuestos a entregarse como es debido en esta hermosa carrera de la música.

JenD: ¿Existe el Afro Dominican Jazz?

EP: Para mí el Afro Dominican Jazz es la fusión del jazz que todos conocemos con nuestra música dominicana. Y sí, existe el Afro Dominican Jazz, no como realmente yo quisiera, pero sí existe.

JenD: ¿Cuál es tu opinión sobre el estado del jazz en la actualidad en nuestro país?

EP: Siento que, actualmente, el jazz en el país es una realidad que por muchos años se manejó entre un grupo muy pequeño de persona. Pero ahora ha llegado a lugares que hace años uno nunca se iba a imaginar. Aunque veo que no hay una generación venidera queriendo continuar con el legado que han dejado en nosotros. Confío en que, tarde o temprano, habrá músicos que decidan continuar con el legado que nos han estado dando a nosotros.

JenD: Responde lo primero que te venga a la mente.

JenD: Eliezer Paniagua.

EP: Una persona que lucha por el bienestar de los demás antes que el de él mismo, que le encanta y busca la mínima razón para disfrutar de la vida con los suyos y una persona súper psicorrigida desde que tiene un instrumento en la mano.

JenD: Bryan Paniagua.

EP: La persona más disciplinada que conozco en la faz de esta tierra y mi compañero de mil batallas.

JenD: UNPHU.

EP: Mi segunda casa.

JenD: Hochschule für Musik und Theater de Hamburgo, Alemania.

EP: La que marcó un antes y un después en mi vida, y me refiero en todos los sentidos.

JenD: ¿Qué ves como la próxima etapa musical para ti?

EP: Explotar mis capacidades como multiinstrumentista.

JenD: ¿Qué otros planes tienes para 2023?

EP: Posiblemente el lanzamiento de un single que estoy trabajando con la mujer que Dios puso en mi vida para apoyarme todas mis locas ideas sin poner un mínimo "pero".

JenD: Qué otra cosa quieres compartir con nuestros lectores?

EP: Lo único que quiero agregar es algo que mi madre, desde que mi hermano y yo iniciamos la música hasta el día de hoy, siempre nos ha dicho: todo lo que son ustedes, todo lo que han hecho y van a hacer es, fue y siempre será por la misericordia y la gracia de Dios.

----- 0 -----

De mi parte estoy muy agradecido de conocer y compartir con Eliezer, digno representante de una juventud que se ha ganado el derecho de ser heredera de nuestro legado jazzístico, de ser torre de relevo de nuestro jazz, del que muchos de nosotros nos sentimos muy orgullosos porque está en muy buenas manos.

Gracias por eso y por tu tiempo Eliezer.

----- 0 -----

El QR de arriba le llevará a la presentación de Eliezer en saxofón tenor en un concierto de Retro Jazz interpretando el tema Pena

A Dominican Jazz Sampler - Playlist by Jazz en Dominicana

Durante el año 2023, varios músicos y agrupaciones, entre estos, el trombonista Patricio Bonilla, el saxofonista Sandy Gabriel, el pianista Gustavo Rodríguez, el baterista Sly De Moya, el joven trompetista Jhon Martez, y los guitarristas Javier Rosario e Isaac

Hernández lanzaron producciones discográficas. Siendo éstas las más recientes que se suman a la discografía del Jazz en la República Dominicana!

El Listado de Reproducción (Playlist) que hemos preparado está conformada por una selección de temas de jazz realizados por músicos y/o agrupaciones dominicanas, y que se encuentran en sus diversas y variadas producciones.

Música de, entre otros: Darío Estrella, Mario Rivera, Michel Camilo, Alex Díaz, Juan Francisco Ordóñez, Rafelito Mirabal & Sistema Temperado, Oscar Micheli, Yasser Tejeda, Pengbian Sang & Retro Jazz, Proyecto Piña Duluc, Josean Jacobo, Isaac Hernández, Joshy Melo, Wilfredo Reyes, Jose Alberto Ureña, Gustavo Rodríguez, Jhon Martez, Alexander Vásquez, Sly De Moya, Javier Rosario e Isaac Hernández

Hacemos notar que esta es una selección no definitiva de nuestro Jazz. Se estarán adicionando temas en el tiempo. Hemos tratado de tener al menos un tema de cada músico que ha lanzado una producción discográfica.

En el QR de la imagen de arriba pueden disfrutar del playlist a través de su celular.

El código ¨QR ¨ (Quick Response Code) nos permite escuchar al instante, a través de un teléfono móvil u otro dispositivo tecnológico, ** Descarga una aplicación de lectura de Código QR, disponibles en Google Play Store, si tienes Android, o App Store, si cuentas con tecnología de Apple.

Sobre el autor

Fernando Rodriguez De Mondesert

Fernando Rodriguez De Mondesert nace en Santo Domingo, República Dominicana; y a muy temprana edad se muda a Estados Unidos donde vive y se educa en Hempstead, New York. Hace sus estudios superiores en la Universidad de Houston y ejerce su carrera hotelera con la cadena Hilton hasta el 1982 cuando retorna a su país natal. Desde 1983 hasta 2008 dedicado al sector del transporte y logística de carga; habiendo sido, entre otros: Gerente de Operaciones de Island Couriers / Fedex; Gerente de la División Aérea de Caribetrans, S.A. y Gerente de País de DHL. En el 2006 crea Jazz en Dominicana, y desde el 2008 se dedica a cada día informar, promover, posicionar y desarrollar el jazz en el país y jazz dominicano al mundo.

A través de su plataforma, Jazz en Dominicana, el gestor cultural ha desarrollado una serie de herramientas, productos y servicios que complementan la misión escogida en pro del género musical. Estas incluyen:

- Escritor: En el Blog ha escrito más de 2,400 artículos, reseñas y biografías; además, sus artículos han sido publicados en periódicos nacionales dominicanos como: "Listín Diario", "Hoy", "El Caribe" y "Diario Libre". Tiene una columna mensual llamada ¨Hablemos de Jazz¨ en Ritmo Social. Escribe en la afamada All About Jazz en inglés. Es miembro del Jazz Journalist Association.

- Creador y productor de espacios de Jazz en vivo: en ellos se han realizado más de 1,450 eventos desde Septiembre del 2007. Actualmente los espacios que maneja son el Fiesta Sunset Jazz, y Jazz Nights at Acrópolis en Santo Domingo.

- Productor de conciertos. Se destacan el World Jazz Circuit en los cuales se presentaron grandes artistas como Peter Erskine, John Patitucci, Frank Gambale, Otmaro Ruíz, Alain Caron y Alex Acuña; los conciertos que por 13 años consecutivos se han realizado con motivo del Día Internacional del Jazz, entre otros.

- Escritor de Liner Notes y productor de lanzamientos de producciones discográficas. A la fecha ha escrito los Liner Notes de 14 discos, y producido 11 lanzamientos.

- Otros: Expositor en charlas sobre el género;

    participaciones en programas radiales; el llevar a grupos dominicanos a festivales en el exterior; desde su fundación ha sido miembro del panel de jueces para el 7 Virtual Jazz Club Contest, en el 2022 Presidente del Jurado de la 7ma versión de dicha competencia; entre otros.

- Ha recibido multiples reconocimientos, como lo son de: los Ministerios de Turismo y de Cultura de la República Dominicana, UNESCO, el Centro León, International Jazz Day, Herbie Hancock Institute of Jazz, Universidad Pedro Henriquez Ureña (UNPHU), Casa de Teatro, Festival de Arte Vivo, MusicEd Fest, en el 2012 el Premio Casandra como co-productor del ¨Mejor Concierto del Año - Jazzeando¨.

- En el 2021 fue el primer ganador de los Ukiyoto Wordsmith Awards

- New Orleans Jazz Museum - Creative Spaces Award, 023

Ganador del Global Blog Awards 2019 Season II. Este es el sexto titulo que publica con la Ukiyoto Publishing Company: *Jazz en Dominicana - Las Entrevistas 2019* (febrero 2020); *Mujeres en el Jazz ... en Dominicana (febrero 2021); Jazz en Dominicana - Las Entrevistas 2020 (abril 2021); Jazz en Dominicana - Las Entrevistas 2021 (febrero 2022); y, Jazz en Dominicana - Las Entrevistas 2022 (abril 2023).*

Por estos medios Fernando aporta a la cultura de la música, en especial del Jazz, en la República Dominicana.

JAZZ EN DOMINICANA

THE INTERVIEWS 2023

FERNANDO RODRIGUEZ DE MONDESERT

Dedication:

I dedicate this book to the love of my life, my dear wife Ilusha, who has been my great support, advisor, inspiration and above all... my friend. To Sebastián, Renata and Carlos Antonio, who motivate me to give more and be better every day. To Alexis, Guillermo, Pedro and César, who have selflessly collaborated with this publication; as well as to each of the 9 interviewees.

It has been our intention that through these interviews we give the reader a look at the talented actors who are an essential part of the current jazz scene in our country, the Dominican Republic.

It is for all of you and for jazz in our country, that these efforts are made and will continue to be made, with a lot of love, dedication and passion!!

Acknowledgements:

In 2006 Jazz en Dominicana began as a digital medium focused on reporting on the dynamics of jazz in the Dominican Republic; over the years it has become a project that has carried out work to promote and develop our talents, in the country and internationally. I am very grateful for the musicians (those of yesterday, those of today and those of tomorrow); grateful for the great public that follows jazz; the establishments that have been and are presentation centers; the brands that sponsor and believe in this genre; the written, digital, radio and television media; and great friends for their support and support.

I thank Ukiyoto Publishing for believing that a jazz blog, in Spanish, could have quality content, which could motivate them to invite me to deliver a sixth title, this being the fifth in the series *Jazz en Dominicana - The Interviews*. It compiles the interviews published on the Jazz en Dominicana page (blog) in 2023.

Finally, I want to thank the great human team that accompanies me in this labor of love towards jazz. They are producers, sound technicians, illustrators, designers, photographers, collaborators and more; they are very special people who are always ready for the next jazz event, project and adventure.

To all, my deepest gratitude and recognition.

Prologue:

To persist, to continue, would be the verbs, persistence, continuity, would be the attributes applicable to Fernando Rodríguez De Mondesert. Years running with a central idea, in various areas, in multiple scenarios: Promote jazz, expose jazz, write about jazz. Opening, for the new and the old, varied venues to give musicians the opportunity to freely express themselves.

Persist, stubbornly, continually capturing new stories, knowing and respecting the precursors. Managing from nothing, sometimes, with or without commercial support. Without respite, remaining, enduring, connecting.

Fernando, the writer, presents us with another of his books where he has interviewed several of the figures linked to jazz in the Dominican Republic: promoters, musicians, informants, protagonists. For years we have appreciated the wisdom of his writing, the depth of his judgments, the

variety of his information, all of this in his Blog. The series of books that he has been editing, with international

support, is the logical consequence of his years in writing.

To support would be the verb that should defines us. To us, those of the public, those from outside, those who have been there for years, like a brotherhood, attending their release, those who can .. contribute commercially.

He has earned it

César Namnúm

César Namnúm (born end of 1951)

Dominican musician, writer and radio broadcaster. He studied music and theater at the San Juan de la Maguana School of Fine Arts. He has published eight books of literary short stories.

December 2023

A book with music that you can listen to

As a way of having these readings interactive and didactic, we have supported the texts with the inclusion of "QR" (Quick Response Code). This allows us to listen instantly, through a mobile phone or other technological device, samples of the work of the musicians that are part of this publication. This is a resource that connects readers with these interviewees

Download a QR Code reading application, available in Google Play Store, if you have Android, or App Store, if you have Apple technology.

Contents

Freddy Ginebra	1
Junior Santos	11
Melvin Rodriguez	20
Alvaro Dinzey	26
Luis Ruiz	41
Angel Rafael Feliz	56
Ivan Fernandez	77
Bryan Paniagua	89
Eliezer Paniagua	99
A Dominican Jazz Sampler	111
About the Author	113

Freddy Ginebra

----- 1 of 2 -----

When we started the "Jazz en Dominicana – Interview Series" the idea was to publish various conversations with musicians, and through each interview make our readers aware of the great talents we have inside and outside of the Dominican Republic. Then, and to give a better vision of the jazz scene in our country, we introduced other actors in our jazz; people who actively participate in education, production and media.

One of the important actors in jazz is the Producer, whether they be of festivals, concerts, and/or events. It is a great honor for me to present the exchange held with Freddy Danilo Ginebra Giudicelli, "Freddy Ginebra" my friend, the one who gave a push for… well read below:

2 FERNANDO RODRIGUEZ DE MONDESERT

Jazz en Dominicana had barely been born in its role as a medium that reported on jazz in our country, when I was invited to get up close and personal with the Casa de Teatro Jazz Festival (as it was called at that time) and in its 2007 version I had the joy to share closely with its founder, every week enjoying the sharing of his experiences, dreams, wisdom...his contagious happiness and overflowing love of life through the arts. Shortly after the closing of said version of the festival, our first event was born, named: Jazz en Dominicana en Casa de Teatro!

Who in our country does not know Freddy Ginebra, the Elden Elf, founder of Casa de Teatro, a place where all the people who have something to say about the culture of the Caribbean have passed through it via exhibitions, concerts and conferences. Some of the great talents that have emerged as singer-songwriters, merengue, bachata, ballads, jazz, theater, plastic art and photography, among others, from this part of the world, started there.

Today, he is a communicator, cultural promoter, writer, actor, journalist, publicist... in short, a man of many hats, who studied law at the Autonomous University of Santo Domingo, and then went on to the University of New York, where he studied English philology, computer science. communication, Kulturadministration and public relations. He was President of the Dominican League of Advertising Agencies (LIDAP). The French ambassador to the Dominican Republic decorated Ginebra as a Knight of the Ordre des Arts et des Lettres.

Through the questions and answers that we share below, we will be able to see a little of this character who "celebrates life" every day, and invites us to do the same!!

Jazz en Dominicana (JenD): Who is Freddy Ginebra, according to Freddy Ginebra?

Freddy Ginebra (FG): I am a daring person who is not afraid of life. A man who likes challenges and who learned from a very young age that there is no greater happiness than serving others.

I look like a boy scout, always ready to serve. He is my nature.

JenD: Freddy, how do you get into the world of the arts?

FG: They pushed me into the world of the arts, I didn't enter. I was born with that desire, and in my Giudicelli family I had a painter uncle, Paul, who stimulated my fervor towards all artistic manifestations.

From a very young age I was involved in everything that was art.

JenD: Tell us about your history as a cultural promoter, writer, publicist.

FG: I started in theater at Colegio de la Salle, but together with Ángel Hache we had evenings in the neighborhood when we were very young, and then wherever I moved I would steal a sheet and set up a theater.

The rooftops were my favorite and one thing led to another, theater at school, then, I accidentally got into television as a teenager with a program in 1963 on RTVD called Appointment with Youth, I was studying and working, I was introduced an opportunity to join an advertising agency as a creative, and the path was made without realizing it, I was born with the desire to do things, it is something that I cannot control.

4 FERNANDO RODRIGUEZ DE MONDESERT

Together with a group of friends, he founded La mascara in the middle of the revolution, at the same time he worked on other TV programs such as Gente with Hector Herrera, Dígalo como puede, Wilfrido en vivo, I wrote and produced programs for Victor Victor and Sonia Silvestre, then a film program. for Armando Almanzar and Cuchi Elias, one of varieties In the front row for Telecable, and many more, even one for children where he acted and even sang called Colorín Colorao...in Rahintel.

Casa de Teatro emerged in 1974 together with Ángel Hache and Rafael Villalona and many more, and many other cultural management adventures that would fill pages.

I have tried to make my life fun and I have always taken a lot of risks, sometimes I have lost but if I take stock, I think everything has been more positive than negative.

I have never known what boredom is, I have exhausted my time until the last second.

I dared to write and publish one day when the El Caribe newspaper called me and I have already published 8 books as a result of the compilation of those articles. Celebrating Life, 5 volumes and Before I Lose My Memory 2, and Shared Secrets, which is about interviews with people from the cultural world, I hope this year to publish People I Found on the Street, also about interviews.

JenD: How and when was Casa de Teatro born?

FG: Casa de Teatro emerged in 1974 when a group of friends were denied the opportunity to work in the country for thinking differently. They called them communists and asked me to find them a place to do theater. The need for artists of all genres to find a space to express themselves was so great that the Theater House became a house of culture and all manifestations were housed there. Theater, painting, dance, photography, literature, music, etc.

JenD: To date, what have been your most satisfying moments?
FG: Every day is a reason for satisfaction and celebration. The house is a volcano that erupts daily and generally a new talent emerges in any of the manifestations that fills me with pride and joy.

It is a small universe with the doors open to anyone who can express themselves without the need for a last name or money, all that is required is daring and talent, time is responsible for providing the answers.

JenD: What have you learned over the years in these matters?
FG: I have learned that he who does not take risks is not alive. I have learned more from failures and blows than from all the ovations, I have learned that living is an opportunity to grow, to be happy, to find your existential reason, to do good, to serve others regardless of whether they do not give it back to you. Time is very short and I always knew that only I could achieve what I set out to do but that I had to put passion and discipline to achieve it. It has been hard but it has been worth it.

With these words we finish the first part of this very interesting conversation. In the second we will talk about the festival and others related to the genre.

Before the 2023 version of the renowned Santo Domingo Jazz Festival at Casa de Teatro, Freddy Ginebra commented to Inmaculada Cruz Hierro from Listin Diario: "*I live dreaming, I get up in the morning and if I'm not sleepy I make them up, but I recommend to everyone one of you to invent dreams. It is really sad, at this moment, in the country and in the world, that the great evil that is plaguing humanity is sadness, and the only way to combat sadness is to invent joy, and joy is invented when one He creates his own dreams and decides to follow it, and I have been a dream maker for a long time, no matter how difficult it is, I invent them and there they are.*"

This dreamer created the Santo Domingo Jazz Festival at Casa de Teatro in 2000 to support the development of

Dominican groups, promoting this musical genre, allowing the public to enjoy jazz at affordable prices. It has also served as a springboard for other managers to participate in this type of event, and thus among many expand the discovery and development of new national and international talents. This year its twenty-third edition was held very successfully.

With this introduction we begin the second of two installments of the interview with Freddy Ginebra:

Jazz en Dominicana (JenD): Now let's go to Jazz...How do you get to the genre? How does it happen to you and how did the Casa de Teatro Jazz Festival, today the Santo Domingo Jazz Festival at Casa de Teatro, start?

Freddy Ginebra (FG): From the beginning the house was the scene of exquisite jazz concerts, Guillo Carias and his sister Irma were the pioneers, then others joined in, Michael Camilo, Juan Luis himself (Guerra), and many more than I don't remember but it was more than 20 years ago that my son graduated as a musician, he plays guitar, and he played jazz and he helped me put on the first festival.

I would love to list all the names of the groups, we are almost celebrating 25 years of the festival and June and July become a true delight with the groups that come and delight us

JenD: What mission or strategy has been outlined so that this Festival has become a benchmark in the country and the area and has lasted for 23 years?

FG: I would say that it has lasted because of my perseverance. It is difficult to maintain anything in our countries, generally one tends to get tired of the lack of support but I must be grateful because over the years, our sponsors have remained faithful and those who have left have been replaced by others who support jazz.

JenD: Most of the so-called "festivals" usually present multiple groups for several days... Why does the Santo Domingo Jazz Festival at Casa de Teatro present a single concert on a single day during the months of June and July of each year?

FG: The festival is different because it lasts 2 months and every Thursday of those months we present the groups, it was something that occurred to me to celebrate the house's anniversary which is in July.

It has worked and it already has its audience that enjoys it and selects the Thursdays they want to attend, some fans go to all of them and spend that season at a music party

Sponsors fortunately make the miracle possible, it would be impossible without them.

JenD: What kind of balance do you look for between local and international artists? How difficult is it to obtain groupings?

FG: I decided to put together a festival so that every year lovers of this genre could enjoy the best that was produced in the country and in other countries.

Depending on the money raised, the invitations. I have been fortunate that many times the embassies help me and Spain, the United States of America, France, Colombia, England, Argentina, have given their support and I have been able to bring extraordinary groups.

The musicians knowing that it is a non-profit festival because they set affordable prices and travel with very few requirements.

JenD: What would you like to add about the festival?

FG: The idea of it being two months arose from the intention that each week there would be a reason for excellence for lovers of the genre and that people could enjoy the festival for more time and how it has gone so well it continued.

OPINIONS:

JenD: What role does the press play (written, radio, television or digital) or what importance does it have for you, your projects and the festival?

FG: Friends from the press have always collaborated with everything that happens in the house, I can't complain. This support is essential because without them we go unnoticed. Now with the importance of social networks, we carry out an intense campaign through these means that guarantee the success of our festival.

JenD: How do you see Jazz, at the level of musical genre, at the moment in our country? How do you see it on a commercial level?

FG: Jazz, like classical music, will always be an acquired taste.

However, it is impressive how his followers have grown and I think this is also because many excellent Dominican musicians perform and compose it in this genre.

Furthermore, there are more and more jazz concerts and more events where we can listen to it.

JenD: And what do you think of our musicians?

FG: I am a Dominican proud of our musicians, this country overflows with talent and dedication, what we lack are opportunities.

JenD: What do you see as the next frontier for Freddy Ginebra?

FG: I am one of those who makes the path by walking, I live in the present with great intensity, and I have let life show me the way, I hope to go as far as I can and when I no longer have the strength to continue, one of my children will die. occupy While I have lived and enjoyed very much producing them

JenD: Freddy, what would you like to add and share with our readers?FG: Confirm that life without art and without music is not life. Everything else, excluding love, is a landscape that is lost on the horizon...And it could confuse us.

----- 0 -----

To you Freddy, with all my heart thank you for your time, work, dedication, for your dedication, love and passion in everything you do, above all thank you for your friendship. It is a pride and an honor for us to have him as a friend, comrade in arms and actor in many of the pages of jazz history... in the Dominican Republic!!

We finish this publication by leaving you with the complete concert by Rafelito Mirabal & Sistema Temperado at the closing of the 2022 version of the Santo Domingo Jazz Festival Casa de Teatro. It is available in digital media, including YouTube, of which I share its link through the QR above.

Junior Santos

In mid-2020, Junior Santos, a Dominican percussionist living in Canada, contacted me to inform me that he would soon be presenting his album ConPambiche, which fuses jazz with pambiche (a folkloric rhythm from the Dominican Republic). The album consists of 11 songs, of which nine are his own.

That meeting resulted in a friendship that allowed us to talk about the love that we both have for our country and for jazz. A year later, we contacted each other again and shared news that filled us with joy and pride: CompPambiche had been nominated in the category Jazz Album of the Year:

Solo for the JUNO awards in Canada (similar to the Grammys in that country).

At the end of 2022 I told him of my interest in interviewing him, with the intention of making his work more known to our readers, in our country and around the world. This publication is the result.

Junior Santos was born in the Dominican Republic. He developed an early interest in music, in the middle of his father's band rehearsals in the backyard of his house.

As a child he began to explore music on his own, copying the percussionists who played on the songs. He soon realized that he had talent and passion for rhythm and entered the Puerto Plata Music Academy, where he was taught musical theory and learned to read and play percussion.

He has been influenced by Afro-Dominican and Afro-Cuban music, as well as jazz artists such as Steve Gadd, Chick Corea, Yellowjackets and Spyro Gyra. At 15 years old, he was already performing professionally with different bands in the Cibao area.

Upon arriving in Canada he attended the music program at Humber College. Junior has performed with several influential bands and artists in the Toronto music scene. Some of his first performances were with Memo Acevedo, music festivals in Ontario and at the Montreal Jazz Festival. In 1991, he co-founded Dominicanada, the first merengue band in Toronto, which became very popular throughout the Latin communities of Canada.

Junior has been playing as an independent musician with many Canadian artists, including Laura Fernandez, Joaquin Nuñez Hidalgo, Zeynep Ozbilen, Roberto Linares Brown,

Kalabash and other Latin-influenced bands, in and outside of Canada.

In 2017 and 2019, he was awarded two grants from the OAC (Ontario Arts Counsel) Ontario Arts Council to produce his first album, which features the many genres that have influenced his music, mixing Dominican rhythms with jazz/contemporary fusion.

Through these biographical information we have learned something about Junior Santos and thus we begin our interview.

Jazz en Dominicana (JenD): We start by asking, who is Junior Santos according to Junior Santos?

Junior Santos (JS): A realistic, simple and simple man. An honest, hard-working person; committed to his family, his children and parents. A loyal friend, always willing to lend a hand to whoever needs it. Passionate about all music, especially our Dominican music. Proud of my roots, my country and my culture.

JenD: Where were you born and raised?

JS: I was born and lived in the city of Puerto Plata until I was 22 when I traveled to Canada.

JenD: How did you get started in music? What was it that interested you in music?

JS: I grew up watching my father making music in different places in Puerto Plata and I was always surrounded by musicians, since my father had his own orchestra and on numerous occasions the musicians rehearsed at my house and let me participate in their rehearsals from a very young age. . That's where my interest in music was born.

What interested me the most was the rhythmic session, specifically the percussion. I was very attracted to the rhythm and energy with which the percussionists played. That radiated in me a sensation that could only be explained as an anxiety about wanting to play the instrument and feel that energy.

JenD: What made you choose your musical instrument(s)?

JS: I think that from the first moment I played a drum, I realized that percussion was the channel through which I could express my musical abilities with energy and freedom to demonstrate all my musical creativity.

JenD: What draws you to percussion? Who has influenced you?

JS: How simple or how difficult it can be technically. The energy it radiates and the rhythmic flavor it gives to a musical theme. Percussion has the ability to transform any type of music, it is inclusive and can bring together people from different cultures or musical interests.

Some of my musical influences have been Steve Gad, Catarey and Changuito to name a few. Musically speaking The Yellow Jackets, Spyro Gira, Miles Davis, Chick Corea, among others.

JenD: Who were those teachers that helped you progress and reach the levels you have reached today? Where and how were your studies?

JS: My first studies were at the Puerto Plata music theory academy and my first drum teacher was Ramón Solano. So was my father Ramón Santos. On percussion they were Jimito and Fernando in Puerto Plata.

In Canada I studied for a year at Humber College, where I had several drum and percussion teachers.

JenD: You have been playing for a long time, in many styles and genres over all these years. How do you describe these musical adventures?

JS: They have been interesting and at the same time educational, since they helped me gain a lot of experiences about different styles. I have learned from different musicians, who have helped me gain new knowledge about this beautiful art that is music.

JenD: What groups have you played with and what styles or genres do they play with?

JS: In the Dominican Republic I played with my father's orchestra, Ramón Santos. From time to time he played with different groups in hotels in Puerto Plata.

Already in Canada, I started playing as a free agent, and played with groups like Banda Brava, Orquesta Fantasía, Orquesta Fuerza Latina, Rick Lazar and Montuno Police, Don Nadurlak, Laura Fernández, Caribean Jazz Project (the Kalabash song), Arik Arakelyan and much others.

The musical genres that these musicians perform vary between Latin music, salsa, merengue, Latin jazz, jazz fusion with Caribbean rhythms and Armenian jazz.

JenD: From the Dominican Republic to Canada, what did each of those stages mean to you and what did you do during them?

JS: It meant starting a new life with different opportunities. In the Dominican Republic I could not continue studying music due to economic restrictions. In Canada I was able to explore different musical opportunities and study more.

Each stage had significant importance when it came to my musical and personal growth. In Canada, although I was able to study, I already had family responsibilities, which meant not being able to finish my musical studies. At the same time, it was a nice stage since I exposed myself to different musical cultures, which I would not have been able to do in the Dominican Republic.

JenD: In 2020 you released ConPambiche. Tell us about this album.

JS: The ConPambiche album is a dream come true, where I expressed many of my ideas. One of them was adding the Dominican rhythm, specifically the pambiche, to jazz.

At the same time I wanted to make our Dominican culture known in Canada, bring it to an Anglo-Saxon audience, since Latin jazz is most of the time connected with Afro-Cuban music.

My intention was to make our Dominican music, our rhythm, known more and that's where the name comes from, and the photo where the drum stands out.

JenD: Why the title ConPambiche? What do you think, look for and expect from this production?

JS: With Pambiche because I think pambiche is the most beautiful rhythm we have in the Dominican Republic. It was that I wanted to stand out more in the production and at the same time create the mystery of what ConPambiche means, and thus be able to explain where it comes from and what it means for our Dominican music.

JenD: What tunes were special to you in this production?

JS: Tambora Blues, because it was the first arrangement I made. Guananico, because it was born from the intention of honoring my grandmother since that is where my family originates from my father's side. Also Jari's, inspired by my youngest daughter and Sayen, thinking of my wife.

JenD: In 2021, you and your work Conpambiche were nominated for the Canadian JUNO Awards in the category of Jazz Album of the Year: Solo. What has this nomination meant?

JS: It was the greatest pride I have had in my musical career, since I have been the first Dominican nominated for this prestigious award given in Canada. At the same time, I feel proud because I have managed to make our Dominican culture known nationally and internationally in Canada and England.

JenD: For you, do you think there is an Afro Dominican Jazz?

JS: For me there is Afro Dominican jazz. For me our music is Afro, if a piece of music has instruments like the drum or the güira, that already means that it is Afro music.

JenD: For you, what is the balance between music, intellect and soul?

JS: Music helps us create, imagine and expand our knowledge in general. It also helps us feel at peace, happy, and express our feelings through a good melody. It accompanies us when we are sad and helps us celebrate when we are happy. Music helps us long for better times and remember those we have left behind.

JenD: If you could change something in the world of music, and it could become a reality, what would it be?

JS: That there is less competition and more collaboration between musicians so that they can evolve and learn from each other. Share our knowledge and help each other, to create learning opportunities for new generations.

JenD: What is your next musical frontier?

JS: Being able to present my music in my country. Present to you what I have created and hope that it is received with the same energies as in Canada. And, of course, continue creating music.

JenD: What music are you listening to these days?

JS: Pat Metheny, Joyce Moreno, Juan Luis Guerra, my brother Sandy Gabriel, and Spyro Gyra.

Answer the first thing that comes to mind.

Junior Santos - Passionate, generous, simple, honest, musician.

Percussion - Spiritual peace, freedom, creating, simplicity.

Dominican Republic - My land, pride, family, joy, friendship.

Canada - Gratitude, opportunity, family, experiences, cultures, diversity, generosity among musicians.

Jazz - Passion, inclusion, simplicity and at the same time complexity, astronomical.

Our jazz - Happy, committed, creative, rhythmic, harmonious, talented.

JenD: What would you like to add, share with our readers?

JS: The first thing is to thank you, Fernando, for the opportunity to share my musical story, and at the same time tell your readers that, despite my limited musical knowledge, I have done a job of which I am very proud. I am taking our culture to other countries. I hope your readers are interested in listening to my album, that they enjoy it.

I hope I can bring my music to our country, which is the dream I have always had since I left the Dominican Republic.

I am very grateful for this opportunity.

----- 0 -----

The QR code above will allow you to listen to the album ConPambiche on your cell phone or device.

Melvin Rodriguez

The well-known and great bassist Stanley Clarke said, "Jazz will only survive if we leave a legacy to young people." And, for a long time, this is what our musicians in the genre, our professors in the various institutions of musical education, festivals and events that take place throughout the country are doing..

Music experts, jazz enthusiasts, and jazz legends in our country point to and bet on a new generation of artists, new and refreshing talents for the genre. There is a youth that is taking the baton, as if it were a relay race, and is testifying that the present and future of our jazz is in good hands.

Through our articles and interviews we have presented the young jazz musicians of our Dominican Republic. Today we present guitarist Melvin Rodriguez.

Born on December 4, 1999 in Santiago de los Caballeros, he began his musical studies at the age of 9 at the Institute of Culture and Art (ICA) in Santiago, graduating in

intermediate level classical guitar, 8 full years of study and basic level and intermediate level preparation. He then obtained a Bachelor's Degree in Contemporary Music with a mention in Composition-Arrangement and Production.

Jazz en Dominicana (JenD): We start by asking, who is Melvin Rodriguez according to Melvin Rodriguez?

Melvin Rodriguez (MR): A simple person, lover of family and music, fighter to achieve his goals personally and professionally.

JenD: How did you get started in music?

MR: Learning basic things that my dad taught me and I really liked it, and then I started studying at a school.

JenD: Why did you choose guitar?

MR: It was the only instrument in the house, and I also saw my dad playing it and I was curious. I ended up liking him.

JenD: Who have been your influences?

MR: My main influences are my parents, for the unconditional support I have received from them all my life, then great artists and guitarists. There are many, but I will mention four: Paco de Lucía, John Scofield, Pat Metheny & Tommy Emmanuel.

JenD: Tell us about your studies.

MR: Institute of Culture and Art (ICA), 8 years basic level and intermediate level in classical guitar. Bachelor's Degree in Contemporary Music, Major in Composition, Arrangement and Production. Online courses with very specific objectives.

JenD: You have been playing various styles and genres with various groups. How has this practice helped you?

MR: It helps me be a more versatile musician, at the same time mature. And it helps me acquire knowledge of each style and be more prepared when it comes to arranging and producing in different styles and genres.

JenD: What groups have you played with, and what styles or genres do they play with?

MR: Samuel González (merengue); Rose Mateo (pop); Jochy Sanchez (various tropical)

Supreme Praise (gospel); Cruz Monty (pop, bachata, merengue, rock); Ivano (pop rock). Also, artists who have been guests of concerts in which I have participated, such as Pavel Nuñez, Maridalia Hernández, Rafael Solano, Gadiel Espinoza, among others.

JenD: Do you think you already have your style? Your sound?

MR: I consider that I am on my way. Many already know when I am the one who is playing; But every day you learn and consolidate your style and sound more until you acquire a certain experience and maturity to say "I've arrived at my sound."

JenD: Do you practice a lot? What routine do you use and recommend to improve musical skills?

MR: Currently I practice little (I don't recommend it), I have more constant practice seasons, it also depends a lot on the flow and type of work. Sometimes I am not so much a performer, but rather a producer and arranger, so I vary between guitar practice and arrangement and production practices that are important to stay active. But I recommend that you practice with clear objectives and goals to take advantage of your time, whether little or a lot, so that when you dedicate time to practice you know that you are going to practice and get 100% out of that practice.

JenD: You play, compose, arrange, educate... a man of many hats. What does each one mean to you?

MR: Each of these disciplines is important to me, because of the teachings they leave and experiences that make you a more patient and understanding person. Playing and feeling the vibe of a band on stage with good musicians and a great artist is great, everything flows.

JenD: How do you "jump" from playing to composing to educating?

MR: I have to make a switch and change the way I operate. I cannot go with a rock star attitude to a student who needs a patient person to listen and teach him. It is simply being aware of the roll that I must execute and knowing how to do it well.

Opinions.

For you, what is Afro Dominican Jazz? Is there an Afro Dominican Jazz?

MR: It is a fusion of our Dominican folklore with jazz, expressions like sarandunga, gagá, are widely used to fuse them with jazz. Obviously, there is also the meringue. Afro

Dominican Jazz does exist today. The Jonathan Piña Duluc project is a good example.

What is your opinion about the state of jazz today in our country?

MR: Jazz needs more support from the public and from more entities, so that jazz becomes something more common throughout society, not just on a large scale in festivals or prestigious private activities, no. We need options to appear daily to enjoy it.

Their festivals, their live jazz venues?

MR: Everything that has been achieved in festivals and spaces for jazz is very good and progress is being made.

The media and jazz (written, radio, digital and social)?

MR: More support is needed from all means. There are people who don't know if they like that style of music, because they haven't heard it, so I think we have to make people encounter jazz and its various styles so that they have a palette of musical colors to choose from.

JenD: If you could change something in the world of music, make it a reality, what would it be?

MR: The percentage of interest in promoting only certain musical styles per business.

JenD: What other plans are there for Melvin Rodríguez in 2023?

MR: Releasing more of my own music, new productions with artists and my first album, which is already in the works.

JenD: What else would you like to share with our readers?

MR: Music is a gift from God to all of us, I have yet to meet anyone who can live without music. Take advantage of that gift 100% and explore, discover, research new music always. They will be surprised by all the music they don't know. They will like to feed their ears, mind and soul with variety, everything is a balance. And like everything has its time, each music has its moment, but to know it you have to explore first. If you are a musician and you want to dedicate yourself to music, study, prepare and study again, to be a good professional.

----- 0 -----

By clicking on the QR above you can enjoy his original composition Got Up at 6:22 on Spotify. .

Alvaro Dinzey

----- 1 of 2 -----

Shortly after starting the Jazz en Dominicana at Casa de Teatro venue, we had the honor and great pleasure of presenting a Christmas jazz concert, gospel and more, by the acapella vocal group Tes-A-T (Testimonio-A-Tiempo) with Alvaro Dinzey, 1st Tenor; Misael Mañón, 2nd Tenor; Orlando Delgado, Baritone and Isaías Manzanillo, Bass. Te event was off the charts. The audience kept asking us for more, and for the following Easter we presented the first of several installments of Gospel Jazz with Tes-A-T.

Since the beginnings of Jazz en Dominicana, Alvaro Dinzey has been present in its history, through various groups, as a leader and as a member, and when we were thinking about who we wanted to interview, Álvaro could not be missing.

We wanted all of his answers to come out as is, so we decided to make the publication in two parts.

Here is the result of our "conversations": Jazz Dominicana - The Interviews 2023 - Alvaro Dinzey.

Pianist, singer, arranger, composer and music producer, born in the city of Santo Domingo in 1982. He has a degree in Contemporary Music with an emphasis on Composition, Arrangement and Production at the Pedro Henriquez Ureña National University UNPHU, where he currently he is a teacher. He began his professional musical career as a singer, joining the Dominican vocal musical group Tes-A-T in 2000. In 2011, he joined Pengbian Sang & Retro Jazz as pianist and singer.

In 2020, he began his musical project as Álvaro Dinzey, with the release of his first single on social networks and digital platforms, with an a cappella version adapted to Spanish, of the jazz standard "Come Sunday", by the renowned American pianist and composer Duke Ellington.

After this brief introduction, we begin the interview:

Jazz en Dominicana (JenD): We begin by asking, who is Alvaro Dinzey according to Alvaro Dinzey?

Alvaro Dinzey (AD): A humble and dreamy citizen of the world, father, husband, son, with a shy personality, rebel against things that I consider unfair and unnecessary and very respectful of what others think and do.

JenD: Where were you born and raised?

AD: I was born, raised, raised and have lived my entire life in Santo Domingo. Capital native at the roots.

JenD: How did you get started in music?

AD: Since childhood. Imagine, a father whose favorite hobby is singing, playing the piano or the guitar and a mother who loved listening to music and singing; in fact, I consider them my first and most important influences in music. I remember that, as a child, I would sit next to my father watching and listening to him play the piano and when he finished playing, I would immediately sit down and instinctively try to replicate everything he had played. When I heard my mother sing from any other part of the house, I would join her and instinctively accompany her doing second voices.

JenD: Was the voice your first instrument? When did you start with the piano?

AD: I understand that I began to learn to make music with my voice, and I say that that's how I understand it, because of the few things that I can remember, from when I was very young, and the things that I don't remember but that I have been told, is humming. melodies that I liked or caught my attention, or sometimes, I would join in with the music I heard on the radio, making a kind of "Beatbox" or singing one of the melodic lines that, for me, stood out at that moment.

The truth is I don't remember the precise moment when I started playing the piano because I was very little and there was always a piano in my house. So, I understand that it all started when I was tall enough to sit on the piano stool and reach the keyboard (I wasn't always that big, lol...).

JenD: Who influenced you?

AD: As I told you before, my first influences were my parents, then, at a time when I still did not know jazz and the music I consumed the most was Christian, my influences were the vocal groups Heraldos del Rey, Heraldo Celestiales and the classical music, mainly the music of Chopin, Beethoven, Mozart, among others.

Later, a friend, with whom he unconsciously introduced me to the consumption of jazz music, showed me the album "Join The Band" by the African-American vocal musical group Take 6, whom I consider one of my biggest influences when it comes to music. vocal music. Since then, I began to study and experiment with the harmonic complexity that jazz offers and the theme of improvisation.

From this new stage, I assume with those who were influencing me, the artists and groups that I mention below, because since then I do not get tired of listening to and admiring them: Vocally, Bobby McFerrin, Stevie Wonder, Brian McKnight; the music of Kirk Franklin, Smokie Norful, Israel Houghton, The Manhattan Transfer, The Real Group; and currently I cannot fail to mention the incredible Jacob Collier, who fascinated me since I heard him the first time.

On the piano, I understand that I have been influenced in some way by Michael Camilo, Chucho Valdés, Chick Corea, Bill Evans, Keith Jarret, George Duke, Dave Grusin, Bob James (Fourplay), Lyle Mays (Pat Metheny Group), Russell Ferrante (Yellowjackets), Tom Schuman (Spyro Gyra), Randy Waldman, among others.

JenD: Tell us about the teachers who helped you reach the levels you have reached today? Where and how were your studies?

AD: It all started in my adolescence with teacher Aura Marina del Rosario, who helped me approach the piano correctly, and also, she was the one with whom I began to understand musical theory.

From the National Conservatory of Music, I can mention some of the teachers who influenced me significantly during the 3 years I studied there: teacher Juan Valdés in Latin piano, Sócrates García with contemporary popular harmony and jazz, teacher Crispín Fernández with musical reading according to styles, Jack Martinez with jazz improvisation language, among other excellent teachers that I had the privilege of having.

Already outside the conservatory, someone who impacted and influenced a lot is teacher Gustavo Rodríguez, with whom I took approximately 1 year of jazz piano, harmony and a little composition classes; short time yes, but very well performed.

During my academic period at UNPHU, my greatest influence was and continues to be teacher Corey Allen, whom I also consider my mentor, from whom I have received important knowledge of harmony, arrangement, composition and orchestration.

JenD: Was there competition between Bienvenido and Álvaro?

AD: Not at all, on the contrary, music united us more. Bienvenido is not only my younger brother, when he lived in the DR he was my best friend and "wingman". We share musical tastes. Sometimes we studied together, and when we weren't taking the same classes, we got together to share, discuss, and theorize about what each of us had learned.

JenD: You have been singing and playing for a long time, and in many styles and genres. How have these musical adventures been?

AD: Man does not live by jazz alone...hehehe. The truth is that one of the most fun things about my journey in music has been the opportunities that have arisen to work in other genres and musical styles.

Necessity and my little adventurous spirit have pushed me to say yes when opportunities have presented themselves, even without having had previous experience approaching the style. On occasions, I have gone out on the road and turned out well and, on other occasions, I have been "cool" s we vulgarly say in the DR; But I regret none of them, because from all of them I have learned things that have helped me grow musically and personally.

JenD: Do you practice a lot? What routines do you use and recommend to improve musical skills?

AD: The truth is I was never very disciplined with the practice, and nowadays, even if I want to do it, it is more difficult to achieve due to work commitments and family responsibilities; but the times that I have had to practice, I always start the routine by warming up with scales, arpeggios and piano exercises for 20 or 30 minutes, then I dedicate another 20 or 30 minutes to review some of the piano pieces and studies that I learned when I studied at the conservatory and lastly, when I don't have to practice a work commitment repertoire, I dedicate more or less 2 hours to work and study the different harmonic, improvisation and style possibilities with which I can approach a standard or piece of jazz that you want or need to practice and learn. Other times, I just sit around playing and jamming to whatever comes to mind at the time, depending on the level of inspiration and the music I've been listening to.

Due to my lack of discipline, perhaps I do not have much moral weight for recommendations, but I share with you what I always tell my students: you get better results if you practice every day, even if it is 1 hour, than dedicating 4, 5 or 6 to it. hours once or twice a week. The other thing that I consider equally important is to listen to a lot of music and do it critically, paying attention to the details.

JenD: What albums have influenced you?

AD: I understand that these would be some of the albums that have influenced me in some way, because at the time I listened to them tirelessly:

So Cool and Join The Band - Take 6; Spellbound - Joe Sample; A Capella Gershwin - Glad; The Nu Nation Project - Kirk Franklin; Vocalese - The Manhattan Transfer; Expressions - Chick Corea; Nightclub - Yellowjackets; We Live Here - Pat Metheny Group; Three Wishes - Spyro Gyra; UnReel - Randy Waldman; Vocabularies - Bobby McFerrin.

There are a few more, but these can give you an idea of where things are going.

JenD: What music are you listening to these days?

AD: It all depends on the mood with which I wake up each day or what I am working with creatively at the moment, because although my preference always leans towards jazz, I listen to everything that captures my attention and seems interesting to me, regardless of the genre or style, especially when I have the commitment to deliver an arrangement or composition that has been commissioned from me; I start listening to music of the style or genre in which I must work to influence myself with the corresponding feeling.

----- 0 -----

Until her with the first part of an interview with this great person, of incredible talents and humility, who supports music, musicians; someone who, above all, is a great friend.

In the second part of the interview with Álvaro Dinzey, we will discuss his musical forays, his current endeavors, the meaning of spirituality in his person, his music and his projects. Before, let's continue knowing more about him.

Álvaro has worked on stage and on recordings as a backing vocalist, pianist and keyboard player for different artists, such as Chichi Peralta, Pavel Núñez, Maridalia Hernández, Frank Ceara, Danny Rivera, Héctor Acosta "El Torito", Wason Brazobán, Cristian Alexis and Urbanova , among others.

He has participated as a singer, chorister and musical producer of jingles for radio and television: Supermercados Nacional, Pinturas Tucán, Claro, Aster, among others.

He has also participated as a singer, backing vocalist, pianist and arranger in Dominican films, such as "Los locos también piensan", "El Rey de Najayo", "La Familia Reyna" and "Patricia".

Jazz en Dominicana (JenD): What does Tes-A-T mean to you?

Álvaro Dinzey (AD): Tes-A-T was one of my musical dreams come true, because, although I already had previous experiences singing in choirs and having had my vocal sextet (Sexteto Juba - my first musical project), in the group Tes - A-T, I found people who shared the same vision of giving seriousness and formality to the project. This motivated me to make the decision to dedicate myself to music full time and to resume my musical studies, therefore, I identify my entry into the group as the beginning of my musical career.

But that's not all, the Tes-A-T group was also a school and a channel of opportunities and experiences, because, in addition to the privilege of singing in all types of settings and sharing, meeting and working with important people from the world of national music and internationally, through the group, I began to get outside jobs as an arranger, music producer, and as a recording studio backing vocalist.

JenD: Name some of the groups you've played with, their styles or genres, and what they have meant to you.

AD: Azzul Jazz Group was a project of trombonist Moreno Fassi; He handled traditional styles of jazz, jazz fusion and Latin jazz. Every time he played with this group, it was like a kind of therapy because of how much fun it was to play with Moreno and the team of musicians that made up the band.

Aloe Jazz was one of my musical inventions; a jazz quartet made up of drums, bass, guitar and me on keyboards; group I formed with some friends from the conservatory to play Smooth Jazz and Jazz Fusion. At this stage of my musical life, I was looking to do something new and different from what I was doing with Tes-a-T and that, at the same time, was consistent with what I was studying, with my tastes, musical preferences and my personality.

4inTune was another musical invention that I created with my friend Marjorie Jimenez, but in an unusual group format, because it was a quartet made up of percussion, saxophone, piano and voice. In this group I experimented with the international songbook, jazz, pop, Brazilian and Latin American music songs, and made new arrangements in versions totally different from how they were originally, conceived and adapted to the ensemble format that we formed.

RetroJazz is a group directed by my dear friend, colleague and teacher Pengbian Sang, of whom I have the great privilege of being pianist and vocalist and founding member. This project is characterized by having a repertoire of Dominican songs and interpreting them in a "jazzed" way. This is one of the most significant musical projects of my musical career, because, just as the group Tes-a-T marks the beginning of my career, Retro Jazz marks a before and after.

JazzChrist is a Christian jazz project, directed by my friend the pastor and bassist Roberto Reynoso and made up of friends and fellow musicians who profess the same faith and share a taste for jazz, of which I am a pianist, and arranger and composer of some songs. of the repertoire. This group plays an important role in my musical career, because it represents the combination of my essence as a person, my beliefs, and my musical tastes.

And finally, I cannot fail to mention my friend, the Dominican singer-songwriter Pavel Núñez, who for a few years has given me the privilege of working with him as a pianist and backing vocalist for his extended band and his Big Band Núñez productions.

JenD: For you, what is the balance between music, intellect and soul?

AD: Music is food for the soul, appropriate for developing emotional intelligence, but it is also a stimulant for the intellect. Science has discovered that music helps increase attention and concentration capacity, and facilitates complex reasoning.

JenD: Cantas, tocas, arreglas, compones, enseñas, ¿qué significa cada disciplina para ti?

AD: Cantar y tocar son canales para compartir con amigos y colegas a través del lenguaje musical; y por el otro lado, entretener, predicar, llevar alegrías y esperanzas a través de la música a quien la escucha.

El arreglar es una de mis pasiones favoritas en la música, porque me fascina tomar melodías o canciones

preexistentes y transformarlas armónica, estructural y orquestalmente, o tomar una simple melodía y transformarla en una obra completa.

La composición es algo que mayormente he hecho por encargo, pero las veces que la hago por inspiración, han sido oportunidades de plasmar ideas musicales y recursos compositivos aprendidos, con las que he querido experimentar libremente y que no siempre puedo usar en trabajos por encargo.

Enseñar es mi forma de compartir con otros mis conocimientos y experiencias y a la vez mantener fresco lo que he estudiado.

JenD: How do you see or judge the talent that is emerging?

AD: Excellent, it is hopeful for the future of music in the Dominican Republic that, despite the musical decline that is experienced today at a popular and commercial level, and the bad influence it exerts, there is a group of talented young people preparing and wanting to make music with judgment.

JenD: If you could change one thing in the world of music, what would it be?

AD: Focused on the world of music in the D.R., I believe it is very necessary to create an institution or union that regulates and organizes the professional music sector; And another of the things that I believe is fair and very necessary is the application of the obligation, that in the radio and television communications media, 50 or 60% of the music that is transmitted is from Dominican musicians, artists and authors.

JenD: What do you see as your next musical frontier?

AD: Do 2 master's degrees, one in musical composition and another in the music business.

Opinions.

What is your opinion about the state of jazz today in our country?

AD: From my perspective, jazz in our country is growing from the point of view of exponents and recording material, there is even a group of colleagues who for some time have been doing the work of promoting and recognizing what they have called "Afro Dominican Jazz"; but unfortunately, because it is not a genre of popular Dominican consumption, it lacks economic support, both from the business and government sectors.

What do you say about live jazz festivals and spaces?

AD: The work that people like you are doing to promote and maintain the exposure of the genre is admirable, with the creation of spaces and festivals, in which our musicians can present their proposals and jazz lovers can enjoy them.

The media and jazz (written, radio, digital and social)?

AD: The truth is that I know very few radio media and digital print media in the D.R. that promote jazz, but I could tell you that the few that I know, like Jazz in the Dominican Republic for example, have very good content.

JenD: What plans are there for Alvaro in 2023?

AD: The release of new music. There are three covers that I have been working on, which with the help of God I will be releasing as singles through digital platforms and social networks over the course of this year.

JenD: What else would you like to share with our readers?

AD: I want to thank Jazz en Dominicana and the people who have been supporting our artists and musicians, and have been promoters of local music through different platforms, and motivate them to continue persevering in the work, since today, More than ever, we have to be intentional about exposing good art, made with quality content, with criteria and that truly represents our culture and identity.

40 FERNANDO RODRIGUEZ DE MONDESERT

----- 0 -----

"Come Sunday" del reconocido pianista y compositor estadounidense Duke Ellington se encuentra, entre otras plataformas digitales, en Spotify. El QR de arriba lo llevará a disfrutar del mismo.

Luis Ruiz

When I was preparing the list of candidates with whom I wanted to speak with in order to have them be part of Jazz en Dominicana - Interview Series 2023, I thought of Luis Ruiz, that I couldn't pass up doing an interview with my old friend. It was easy, since we had already talked, with the purpose of resuming his Crossover Jazz project, dusting it off and preparing it for a presentation on a summer night at the Fiesta Sunset Jazz.

My friend Luis is a multi-instrumentalist, composer, arranger and educator who has been part of many of the most important musical groups in our country in different musical genres. I invite you to dive into this very interesting interview so that you can get to know him and feel the same pride as I. He is a very special person, with great talents, who gives to everyone with great humility.

He began his musical studies at the age of thirteen at the La Vega School of Fine Arts. At that time he won the annual best student awards for three consecutive years. In that period, with the help of his teacher Rafael Martinez Decamps, he joined the Casino Central Orchestra as a saxophonist. Later he joined the National Symphony Orchestra as a violinist and twelve years later he won the position of Principal Flutist there.

He has performed as a soloist in Cuba, Puerto Rico, El Salvador, Ecuador, Mexico, the United States and on all important stages in the Dominican Republic. He has received multiple recognitions, including being a four-time winner of the Casandra (Soberanos) awards, in classical music, as a soloist, and in alternative music, for his Latin jazz production with Dominican roots, Nombre de Mujer.

I asked him many questions that would allow him to think, answer what he wanted, without limits of time, thought and language, empty his being and capture it on this canvas. He accepted the challenge and this is the result.

Jazz en Dominicana (JenD): Who is Luis Ruiz according to Luis Ruiz?

Luis Ruiz (LR): I would like to respond by saying that I am the same as always, but I would not be honest with you or with anyone... over time we change our thoughts and clothes. In this metamorphosis we tend not to recognize ourselves or we confuse ourselves. However, I believe I have escaped certain alterations in thought and I am still the same character who loves music, people, nature and freedom who welcomed me from an early age. I am a friendly, persevering person, and I believe that serving others is honorable.

JenD: Where were you born and raised?

LR: In the province of La Vega. I am a pure Cibaeño. Due to professional circumstances I had to emigrate to Santo Domingo in order to continue the growth process. I consider myself an absent vegan who thinks about return, about returning to the origins and once again becoming entangled in the umbilical cord of my city.

JenD: How did you get started in music?

LR: In the towns there were no schemes that gave music a place in general official education and very little family tradition for parents to induce you to study it. So, the musicians were generated almost by "spontaneous chemical reaction" so as not to say that they happened accidentally or that they occurred in some strange tree. Unless there was a musician in your environment, there was no way to normally get hooked on practicing it, so, like almost all the musicians in the interior, it took me almost by surprise. I met someone who played or I found myself near a music school, I approached them and the rest is history, or is it that one is born as marked?

JenD: With which instrument(s)?

LR: Precariousness was always the order of the day in our music schools, since there was a very poor stock of instruments to supply the students. At the Municipal Academy I began to blow a piccolo (piccolo) that I shared between weeks with another student... who knows what you could learn this way! Shortly afterwards I transferred to the School of Fine Arts, as the information was leaked that they had a flute available. I officially entered and, in addition to the flute and the subjects, I also started playing the violin. A few months later (to my surprise and without intending it) my beloved teacher Rafael Martínez De Camps asked me to go to his house to look for a tenor saxophone, and that I had a month to prepare and join the famous Casino dance orchestra. Central, directed by him. I thought the teacher was crazy. So I had to face the consequences and become a steam saxophonist. At that time he was 13 years old and only months after starting me. There the battle began, tied to the music, with no chance of getting away.

JenD: Any preferences on the instruments you play?

LR: Not really. After the flute, violin and saxophones, came the harmonica, the guitar, consequently singing and later the digital electronic wind instruments. Given this diversity, it is understandable to realize that each instrument plays a role, has a distinctive character that makes it shine with its own light and a particular beauty that makes it incomparable. However, I have to admit that although it is not necessarily the instrument of my preference, because of the craft I was forced to develop the technique of the flute more than that of other instruments, therefore, as in human sharing, I feel more comfortable hugging her.

JenD: Who influenced you?

LR: As a classically trained musician, but also jazz and popular music in general, the list is long. More than particular performers or composers, I am influenced by styles or periods, whether Baroque, Romantic or Serial, blues, contemporary jazz, 70s/90s rock, etc., and all the great exponents that nourish this universe. endless. It is difficult not to find in all the periods and styles of music partially mentioned, some performer or composer who does not nourish your intellect and who, for the benefit of all, his career or work fails to sensitize us and feed our conscience.

JenD: Who were those teachers that helped you reach the levels you have reached today? Where and how were your studies?

LR: At the La Vega School of Fine Arts, when I was 13, my first teacher, Rafael Martínez, saw something in me and took me by the hand. He introduced me to the saxophone and by making me part of his orchestra, he induced me to become a musician without return. He was and will be, without a doubt, the most important musician in my life. Flutist Harold Bennett in New York City and Charles Delaney in Tallahassee, Florida, sharpened my knowledge of the flute. In Santo Domingo, Jacinto Gimbernard and Mercedes Ariza provided me with the technical resources for the violin. However, I must clarify that my academic studies after the beginning were rather to reconfirm knowledge. More than anything (I clarify) I am a self-taught musician who learned by seeking knowledge in all possible ways, listening, asking and striving every day to be better, despite the adverse conditions of the environment and the few economic resources that I have. They supported me.

JenD: You started playing classical music, when or how did you get into jazz?

LR: I am certainly an academic musician trained in the study of classical music. Honestly, I am not what you could call a jazz player, although like all Dominican musicians who are victims of so many influences and who "have their hands in everything", I handle the resources of the style quite well. I began to train under the traditional academic scheme that requires a flute or a violin. But my first steps as a professional, although I was still a teenager, were with the tenor saxophone playing popular music. That is to say, merengue, salsa and bolero, which is the usual repertoire of large dance orchestras, was my baptism.

I came to jazz indirectly, at the beginning of the 70s. Being a violinist for the OSN, I met Michael Camilo and joined his band Barroco 21 as a flutist (although for a short time). Then along the way I "collided" with Luis Días (before being "El Terror") and from this accident a duet emerged: he guitar and voice, me, violin, flute and voice. We started making experimental folk music and some blues at the Círculo de Coleccionistas on Mercedes Street in the Colonial Zone. There we refined the idea of expanding and formed the Madora Group together with Manuel Tejada (keyboards), Cuquito Moré (bass), Wellington Valenzuela (drums) and Guarionex Aquino (percussion). In this group we managed the folkloric processes of the experimental repertoire of our project fused with the harmonic resources and improvisation of jazz. So that's how I started walking the streets in this style.

JenD: You've been playing for a long time, and in many styles and genres over all these years. How have these musical adventures been?

LR: The job of having to play, not what one wants, but what the moment warrants, leads us to accept the things of life with objectivity and tolerance. Permanence in the musical environment forces us to face such challenges. For these experiences to be productive, we let go of the ego and, as much as possible, try to make the taste of others our own. The experience of multiplicity is sometimes conflicting. The ideal would be to play a single instrument and handle a single style of music. Thus, the approach, being precise and less risky, would make the musical moment a lighter adventure. But, although at first glance it may seem funny and entertaining, the process of making good music is always something compromising and even dangerous, almost never literally fun. Sometimes one navigates in calm waters, but other times, and more frequently, in stormy seas, unless the music is very light, easy and superficial.

JenD: Name some of the bands you've played with, their styles or genres, and what they meant to you.

LR: Casino Central Orchestra, dance music; Síntesis Group, rock; Baroque 21, fusion; Madora, experimental folklore. OSN, symphonic music; Ars Nova, chamber music, etc. These vast occasional jazz and ambient music groups in which I played the corresponding instrument, were hand in hand accompanying my international career as a flute soloist, served as the necessary emotional support and provided me with the necessary assets to survive in this material world.

JenD: Do you practice a lot? What routines do you use and recommend to improve musical skills?

LR: Yes. As much as I can. The routine thing is complicated. It becomes difficult to make recommendations when you are in charge of more than one instrument. Time never seems enough and there will always be pending aspects to work on. This is crazy since the routines vary according to each instrument and the style of music. So much so that the procedure for studying an instrument in classical music is diametrically opposed to that of the different popular genres and jazz. What works best for me is to accurately address the entire panorama and, as far as possible, work a little on the sound, review scales of various configurations, address some study, whether classical or jazz; read an important work, improvise on a jazz theme or standard and never stop listening to music every day, even if it's in the car. This is ideal as long as you have the time. If not, at least play something you like as perfectly as possible, imagining being in front of an "impossible audience."

----- 0 -----

Interviewing is a great commitment, an opportunity. By its very essence, it allows for greater connection between the public and the interviewee; For this reason, we have always tried, through these publications, to encourage the recipient to get into the conversation.

We continue with the second part of the pleasant meeting with Luís Ruíz.

He was co-founder with Luis (Terror) Días of the experimental music group "Madora". He was soloist of the chamber orchestra "Ars Nova" directed by Francois Bahuaud, professor at the Elila Mena Elementary School of Music and the National Conservatory, from which he graduated as "Professor of Flute and Higher Music Courses." He completed advanced studies with Harold Bennett and Charles Delaney in the USA, Social Communication at UNICARIBE and graduated with a Bachelor's Degree in Contemporary Music from the Pedro Henriquez Ureña National University (UNPHU).

Today Luís Ruíz carries out teaching duties, performs classical concerts and various activities, both as a flutist, violinist and also a saxophonist in popular music and jazz.

Let's continue then...

Jazz en Dominicana (JenD): Which albums have marked you?

Luis Ruiz (LR): Jean-Luc Ponty - Imaginary Voyage; Weather Report - Heavy Weather; Jayson Lindh - Cous Cous; Led Zeppelin - First Album; Queen - A Night At The

Opera; Alban Berg - Violin Concerto; Brahms, Prokofiev, Mahler, Stravinsky; Bartok- Best Works Collection.

JenD: What music are you listening to these days?

LR: Contrary to normal people, who listen to music to satisfy or seek certain emotions or as pure pleasure or entertainment, the musician reacts differently, since he processes this language in a technical and functional way. So when the music you hear resembles an x-ray, and at the same time, because of the job, it touches us so closely, it becomes difficult to process it just as a garnish since sometimes (in my case) it even hurts. I think that most musicians enjoy it, but more than anything we focus on listening to it to feed our brain library, as a reference to improve our future performances or with one objective or another, transcribing a song or musical work.

But as a simple mortal, in a purely recreational way, from time to time and whenever possible I listen to music referring to the great classical and jazz masters in their various aspects. Also to Serrat, Cortez and the great boleristas and balladeers of America and the world. To stay in tune with my roots and not lose "the batey", merengue and salsa complete the menu and feed me.

JenD: For you, what is the balance between music, intellect and soul?

LR: Intellect as a synonym for general knowledge is essential. Hypothetically, the metaphysical concepts that involve music as the maximum ingredient to balance and season human existence, give the impression of being valid. It seems that music and its magical, creative and birthing essence is associated with the soul as we conceive it, to extract feeling from it. This imaginary process is very distant from the intellect and would be impossible to emulate by artificial intelligence. Intellect generates insensitive, calculated brain resources, and would not care about either of the two intangibles music and soul mentioned above.

JenD: You like to study and continue preparing yourself academically. What have you graduated from lately?

LR: Studying is something worth studying. It is crazy to pursue a career in the autumn of life. But the brain is truly stupid and refuses to age or become disqualified. In 2017, together with an important group of Dominican musicians, I assumed the commitment to academically reconfirm the knowledge acquired throughout my career regarding popular music and jazz. In 2020 I graduated Summa Cum Laude with a Bachelor's degree in Contemporary Music from the Pedro Henriquez Ureña National University (UNPHU).

JenD: You play, you arrange, you compose, you teach. What does each discipline mean to you?

LR: Playing is existing in the moment, it is like pumping blood to flow through our veins. Arranging as well as composing takes you to a world of sonic promises where time does not pass. It is a musical work on paper or screen to be shared in the immediate future or as a legacy for your satisfaction and that of society. Teaching is an almost religious vocation that fills all spaces and nourishes, spreads and is appreciated, a solemn mission.

JenD: If you could change something in the world of music, and it could become a reality, what would it be?

LR: Music, by inserting itself into what "the industry" is, has achieved a tremendous projection and has penetrated all corners of the world. But there is a sector of musical work that does not prosper, due to lack of economic support, since it is supposedly not commercial. With this, thousands of artists are mortally wounded. If it were in my hands, if I had the necessary convening power, I would do the impossible to achieve state and business protection of this sector, making it important and including it within a scheme that is accepted and promoted by "the industry."

JenD: What do you see as your next frontier?

LR: There are supposed to be no borders when you are free and that music is independence that doesn't put shackles on your legs. But in reality we live in a society that is both euphoric and anesthetized, where very little of the musical product that some artists generate is consumed. This turns our country, the take-off runway, into an almost impassable local border. But since this is the price to pay for aspiring to the sublime, and to exonerate the political country where we live from blame, the important thing is to stay active and make transcendent the little or much that could happen from ourselves.

JenD: You have time with the Crossover Group, which presents a classical music type vibe with improvisations. Explain this concept to us. What motivated you to reach this style? Who makes up the group? What type of repertoire do they present?

LR: This group emerged in the late 90s. The name

Crossover responds to the fact that in the recitals for flute and piano that he performed with Elioenai Medina, the repertoire was classical fused with jazz. We performed works from all musical periods, the usual repertoire, but mostly the suites of Claude Bolling and the works of Mike Mower, plus one or another piece that, like the previous ones, had some popular or jazz flavor, and this always I liked it a lot. Then we added double bass and drums. At that time we were all symphonic musicians. Later we changed the scheme by integrating Freddy Valdez-Ibert / bass, and Ezequiel Francisco / drums, both clearly popular musicians. So we changed the focus and approached a line with a concept of Latin jazz based on our roots. But we continue to be Grupo Crossover, due to our innate musical nature and because, in addition, we continue to include pieces from the crossover music repertoire. Currently we do not have the participation of Ezequiel, but we have the teacher Rafael Díaz, who was our first member. Regarding the repertoire that we handle, it is not only classical music fused with jazz, but it is very varied and addresses all possible styles.

JenD: Are you still composing? Is there new news?

LR: Yes, of course. Composing comes very easily to me. It's like a game where I never lose because I set the rules. And if by new we mean new music, we always have a card up our sleeve. And the old pieces from being stored for so long, when they emerge to the light, do so covered with youth as if they were new.

Opinions.

JenD: What is your opinion on the state of jazz today in our country?

LR: We are gaining ground. The renovation is noticeable. We already have specialized schools assisted by international institutions. And some government interest is emerging in favor of this facet of art.

What can you tell me about your festivals, live venues?

LR: I see with joy the stagings of various festivals of different categories and levels. I sadly see very few structural spaces, entities, bars and other "venues" that welcome our exponents in such a way that they can develop and, in addition, produce some money for their livelihood. Because man does not live on jazz alone, but it is necessary to appease "the theme with variations" of hunger, in other words, the voracious demand of the digestive system and the absolute obligation to supply the family basket.

The media and jazz (written, radio, digital).

LR: Proportionately to the cultural commercial demand for the genre, which is not large and consequently does not encourage the production of a large number of activities or concerts, the presence of jazz in "the media" is equitable. What's more, sometimes it exceeds expectations and we come to think that we are doing too well. Because on social networks, out of necessity or ego, we are journalists of ourselves. So without true critical sense (without underestimating) every event becomes important perhaps beyond reality and this is a "boomerang" that turns against ourselves.

JenD: What other plans are there for Luís Ruíz in 2023?

LR: To be honest, not many because guarantees are scarce. I think that most of our plans stay in the drawer when they don't walk in a folder under our arm with the consequent fear of being victims of business rejection. Projects usually remain proposals and sometimes only fuel dreams since sponsorships (essential) are conspicuous by their absence and thus it is difficult to fly. So as long as it is "my own effort" or "record ribs" the plans relevant to our musical profession, whether recording or producing concerts, fade away because in most cases, we lack our own economic platform. This is the case for many, considering that we are artists, not marketers or prosperous businessmen and that we live day to day. However, there are other plans and these have to do with the family, intellectual, human and spiritual development, which fill (albeit half) the existential voids and that is where we are.

JenD: What else would you like to share with our readers?

LR: Thank normal people for valuing us and sometimes inexplicably even loving us. Appreciate the many who call themselves frustrated musicians because they once wanted to be like us. Praise those who are musicians for their bravery, for staying on their feet in this long-distance race without rest or relief. And finally, give thanks for the sense of human hearing that receives this sound blessing called music and that, as a noble receiver, allows us to fill our entire body with those inexplicable and infinite sensations that it transmits.

Thanking Luis falls short, since he took a lot of time to think and formulate his responses, the same outputs from the depths of his being. Let's value this talent, this special human being, this great friend. Let's support his projects, as well as those of every musician we can, it is the best way to thank them for everything they do for the good of humanity through their gifts.

----- 0 -----

Clicking on the QR above will take you to enjoy on YouTube the song The Shadow of Your Smile from his production Nombre de Mujer

Angel Rafael Feliz

----- 1 of 3 -----

In September of 2019 the "Jazz en Dominicana - Interview Series" began to write about, in addition to musicians, other actors in jazz in the Dominican Republic, so we began to publish interviews with producers of radio programs in our country. With this installment, we begin to share about other important actors, such as the Producer of ... be it festivals, concerts, events; also educators, managers and others.

Haina de Jazz was created in 2015, with the simple idea of providing the people of this small municipality - located 20 kilometers from Santo Domingo - with a different, fresh and innovative artistic product. Since its beginnings, thanks to Javier Vargas, we have been in contact with its founder, a tireless individual dedicated to raising the musical-cultural level of his town. In this interview I have the honor of introducing you to my great friend Angel Rafael Feliz.

Angel was born in the Bajos de Haina municipality. From an early age he was inclined towards the social and cultural work of the community, participating in the youth group of the San Agustín Church in Haina, in clubs, in theater groups, student associations and poetry groups. Member of the carnival committee of Haina, Quita Sueño and Cabral. He is co-organizer of the Reading and Writing Habits Project, carried out in three educational centers in Haina. In addition, he is a founding member and the general producer of Haina de Jazz, a concert that has been taking place in this municipality for 9 years. Also, he has developed activities within the framework of the celebration of International Jazz Day, he has been co-organizer of the first Haina de Jazz concert in Rincón, today the municipality of Cabral in Barahona, which has two versions and organizer of the first master jazz class, held in this town.

His resume is long, so we gave a few off the highlights, and now begin the exchange of questions and answers that we shared for a some time, and that, due to its size, will be publishing in three parts.

Jazz en Dominicana (JenD): Who is Angel Rafael Feliz, according to Angel Rafael Feliz?

Angel Rafael Feliz (ARF): He is the sixth child of eight siblings, born to Mrs. Hexida Cuevas and Mr. Generoso Méndez (RIP).

He studied basic education in educational centers in the municipalities of Bajos de Haina and in Cabral and secondary education in Haina. He entered the School of

Social Communication at the Faculty of Humanities, of the State Autonomous University of Santo Domingo (UASD), graduating with a degree in Social Communication Sciences.

He married the Anthropologist Burma Restituyo Reinoso, is father to Camila Burmania and Angel Sebastian, and grandfather of Ethan Rafael.

He is a journalist by profession and cultural manager by vocation. He lives in the Villa Lisa neighborhood, in the Bajos de Haina municipality.

JenD: How did you get into jazz?

ARF: In the month of July 2015, being in a meeting to plan a community project "Habit of Reading and Writing", in the Bajos de Haina municipality, carried out together with two friends, Segundo Maldonado and Eugenio Sano Breton. There, they asked us to organize a concert to raise funds. I didn't want to embark on a project like that, it was to organize it with urban artists, but it didn't appeal to me, I didn't want to get involved in it.

Later, that same week, Victor Soto stopped by my house, and my wife and I talked to him about it. That's where my question comes from: "How can we get the Big Band of the National Conservatory of Music to do a jazz concert here?"

In the following week, we sent a communication, requesting said band and the objectives we were pursuing at that time. The proposal we made was approved by the Conservatory's management. We immediately began the organizational process for the concert. In that process we met different people linked to the genre. We visited the conservatory and several places where jazz concerts were held.

JenD: How did you get into the world of event production?

ARF: We entered at the same moment that the jazz band was approved, so that we could present it to the public in Haina. Previously, I had participated as a collaborator in other minor events and activities in the municipality; but it was Haina de Jazz that introduced us to this world of event production.

For 2017, the Municipios al Día Foundation, chaired by Augusto Valdivia, and Haina de Jazz, formalized an alliance in which the MAD Foundation joins as technical advisors in the organization of our concerts, where, in addition to dissemination support, it provides us with administrative support, using its accounting records to co-manage the resources that guarantee the sustainability of our concerts and events, until Haina de Jazz can formalize its statutes as a non-profit association and can continue its flight alone.

We have the participation of the brothers Eric and Leric Matos, with their company DI Internamiento, who work with this project in the pre- and post-production of the concerts and the activities that we have carried out to promote jazz in this municipality.

JenD: Tell us about your history as a cultural manager and promoter.

ARF: I was always linked to cultural groups in the Bajos de Haina municipality: theater group, clubs, poetry, youth groups, carnival committee, student association, community groups. This was my laboratory with which we carried out coordination actions to organize activities collectively.

We have promoted projects on reading and writing habits, the training of boys and girls in the creation of murals in their neighborhoods, the formation of poetry and theater groups, workshops, forums, talks for the formation of youth groups.

We are promoting in the community what is the realization of educational activities, for the realization of International Jazz Day in the Bajos de Haina and Cabral municipalities in the Barahona province.

In short, we have carried out several actions that have allowed us to produce several events in the musical world, more specifically, in the production of thirteen jazz concerts, between the Bajos de Haina municipality and Cabral in the Barahona province.

JenD: What is Haina de Jazz?

ARF: Let me explain. Haina de Jazz was born with the objective of contributing to the musical development of boys, girls and adolescents, to critically integrate them into the talent training process, through the promotion of jazz and other musical genres, which contribute to a culture of peace and coexistence. citizen.

We dedicate the concert to a living jazz personality and a recognition to a jazz player who has left for another spiritual plane. We recognize the work of men, women and institutions that in one way or another have contributed to the development of this proposal.

JenD: When and why was Haina de Jazz created?

ARF: Haina de Jazz was born out of the need to bring to the young public a different concert that until then was presented in the municipality, which was not just urban music or another genre. For us, jazz permeates all musical genres. Haina de Jazz was really born three years later, the first three concerts were a rehearsal; but in 2017, it was really seen as a proposal for the future. It is where we really think about bringing permanent jazz content, in which native rhythms are added.

JenD: What mission or strategy has been outlined so that these events and efforts are situated and last among those that already exist in the country?

ARF: Our mission is to promote musical development and other cultural manifestations in boys, girls, and adolescents, to guarantee permanence over time. We intend to place jazz throughout the south of the Dominican Republic.

By combining cultural elements of the towns and involving people and institutions, bringing quality to the concerts, we can last over time. We can build a jazz-loving audience that demands a good concert every year. We can promote the permanent search for sponsors, donors, collaborators, who allow us to bring good concerts to the population.

Also, we recognize the musical career of men and women who have dedicated themselves to music and make a posthumous recognition for those who have left for a spiritual plane. We also recognize the men, women and institutions that support the concerts we organize each year.

JenD: Tell us about Haina de Jazz and its annual concerts.

ARF: Haina de Jazz begins in 2015, with the presentation of the Big Band of the National Conservatory of Music, with the participation of the Children's Chamber Orchestra of the Refidomsa Foundation, children from the Reading and Writing Habits project, music students and painting from the Liceo Modalidad en Artes, Professor Manuel Féliz Peña, in the Bajos de Haina municipality.

In 2016, the Big Band of the National Conservatory of Music performed again, accompanied by pianists Samuel Atizol, Oscar Micheli and the Yogo-Yogo children's dance and atabal project.

In 2017, we had the participation of the outstanding pianist Josean Jacobo and his Tumbao band, final year students of the National Conservatory of Music and the Martez Brothers Band. Concert dedicated to the pianist, composer and arranger Darío Estrella and to the memory of the concert producer Federico Astwood.

In 2018, we took the concert to the municipal district of Quita Sueño, in the Bajos de Haina municipality, where Toné Vicioso and Aumbata, Los Hermanos Martez and Paúl Austerlitz and their Hatillo Palma ensemble performed. Concert Dedicated to the musician Crispín Fernández and to the memory of Tavito Vásquez.

In 2019, we were at the concert with Javier Vargas and A3, Gioel Martín and the AfroDominican music ensemble, Toné Vicioso, the Paleros de Yogo-Yogo, A Goyo Conga and the Soneros de Haina. Concert dedicated to the percussionist Julio Figueroa.

In the 2020 concert, the Martez Brothers Band participated, a semi-in-person event, where we had the participation via digital platform of Paúl Austerlitz, Javier Vargas, and the duo of Juan Guivin and the vocalist Veronica Largiu, a graduate of Berklee College of Music.

The seventh version, in 2021, was dedicated to the municipality of San Cristóbal and recognized the musician and teacher Hipolito Javier Guerrero for his 49 years linked to music and for his contributions to musical education, both in the country and in other nations. We had the participation of Hedrich Baez in a quartet and the Hermanos Martez band, who paid tribute to Johnny Ventura, fusing some of his merengues with jazz. Fernando Rodriguez de Mondesert was recognized for his contributions to the promotion of the jazz genre at a national and international level. To the Municipios al Dia Foundation, Ciudad Oriental, and hainadigitaltv.

In 2022, we celebrated the concert in the municipal district of Quita Sueño. This eighth version was dedicated to the Provincial Council for Culture and Fine Arts of the Hermanas Mirabal province, as well as recognition to these institutions, for their support of Haina de Jazz's career in these eight years, to the Refidomsa Foundation, to Coopcentral and the photographer Wilfredo Mateo.

Josean Jacobo & Trio participated as the main band, and as a local counterpart, there was Macusa salves y atabales, a group of women who perform traditional salves, they belong to the community of El Carril, in the Bajos de Haina municipality.

----- 0 -----

With this writing about the work of Angel Rafael Feliz in the Haina de Jazz project, we come to the end of the first part of this interesting meeting. We will continue in the next installment.

Since I met Angel Rafael Feliz, his total dedication to Haina de Jazz has caught my attention. In just eight years, this small but dedicated organization has become a remarkable success story, working to break down barriers to accessing the unique and positive experience of live jazz, one concert and cultural program at a time.

Let's continue with this second part of this long "chat" with Angel Rafael Feliz.

JenD: Tell us about Haina de Jazz and International Jazz Day. Their programming.

ARF: In the third year of organizing the Haina Jazz concert, which was already being defined, more clearly, as a proposal to bring to the public, the idea of being able to participate for the first time in the activities of the International Jazz Day comes.

Last year we were able to participate in some of the activities carried out by Fernando Rodriguez Mondesert in Jazz en Dominicana. We participate in other activities developed in the colonial area of Santo Domingo. This motivated us to organize our activities in the Bajos de Haina municipality.

We include on the program's website about five educational activities to promote the genre in the population: visits to the media, conferences about jazz, programming of jazz themes in three nightclubs, simultaneously. The plastic artist Jorge Candelario made a painting alluding to jazz, to commemorate another year of the celebration of this important global event.

We held a concert called "Tribute to the greats of jazz: John Coltrane, Charlie Parker, Miles Davis, and Louis Armstrong. For the occasion, the "Haina Big Band Jazz" was formed, directed by saxophonist Victor Soto Canela and accompanied by Michel Campusano, alto saxophone, Junker Horton Martez, tenor saxophone, Junker Junior Martez, alto saxophone, Jhon Martez, trumpet, Carlos Sanchez, trumpet, Freddy Mansueta, trumpet, Javier Carmona, bass, Isaac Daniel Martez, piano, Javier de Jesus, bass and Wualli Martinez, percussion.

From 2017 to 2022 we have received letters from the organizers of International Jazz Day, congratulating them on the plans to organize activities in the Bajos de Haina municipality, to celebrate such an important universal event.

To celebrate International Jazz Day, in 2018 we carried out four educational activities to promote the genre: Talking about jazz in Haina, a meeting with music students from the Manuel Féliz Peña Educational Center, with the participation of Josean Jacobo, Crispin Fernandez, Toné Vicioso, Alexis Mendez, Sandy Saviñon and Tony Dominguez.

We carried out media tours, where we visited some radio and television programs, to promote the activities that we had planned to do this year, such as: Notas de Jazz by Sandy Saviñon, El Merengazo del Domingo by Claudio Gomez, Musica a las 12 by Octavio Beras, Despierta RD on channel 13, Tele Centro, Cita Cultural with Yanela Hernandez and Guillermo Ricart, on channel 4 and Musica Maestro by Alexis Mendez.

That same year we carried out the activity "Haina Paints the Colors of Jazz" with painting and drawing students from the Haina and El Carril culture house and students from Free

Schools of the Ministry of Culture. On Sunday, April 29, we held an exhibition of the work presented by the students.

The Municipal Council of Aldermen of the Bajos de Haina Municipality, in Resolution No. 10-18, dated November 29, 2018, unanimously recognized Haina de Jazz, pointing out that it is a "distinguished organization of this municipality." and declaring that, "the first Saturday of December of each year, be declared as Municipal Jazz Day of this Municipality"

In that same resolution, they declare the Thelonious Monk Jazz Institute as a "Goodwill Ambassador."

And in Resolution No. 11-18, of the same date, said municipal body declared UNESCO as "Messengers of World Peace."

In 2019, we held the meeting "Conversing Jazz in Haina" with the participation of the trumpeter John Martez Melenciano and the cultural manager and percussionist, Edgar Molina, who, with his research through Historias Sonoras, shared his experiences with students from music, from the high school in arts modality, professor Manuel Feliz Peña. In that same educational center, we held a master class in percussion, with the outstanding percussionist Julito Figueroa. To publicize the activities, we visit different programs: Merengazo del Domingo, Musica Maestro and Notas de Jazz.

For the year 2021, all global activities were suspended due to the covid-19 pandemic. The activities were carried out through various digital platforms. These being:

The melodious word: jazz and literature (virtual) and A walk through literature and jazz from the hands of the poet Luis Reynaldo Perez.

Conversing jazz in Haina (virtual), a tour of the six years of Haina Jazz concerts, presented in various settings, with the participation of Alexis Méndez, producer and host of the Musica Maestro program; Augusto Valdivia, president of the Municipios al Dia Foundation and director of the digital newspaper Municipios al Dia y los Jazzistas, Javier Vargas guitar, Josean Jacobo piano, Toné Vicioso guitar and Dr. Paul Austerlitz, from New York, in addition to yours truly, Angel Rafael Feliz.

Conversing with Junior Santos, from Canada, a dialogue about his musical production and his nomination for the 2021 Juno Awards in Canada. The musician Junior Santos of Dominican origin, from the Puerto Plata province, in the north of the Dominican Republic, based in Canada, spoke with us. His nomination was in the Jazz Album of the Year category, soloist, with the production Conpambiche.

In 2022, we carry out several activities: conversation with students from the Juan Pablo Duarte primary school, with the participation of the saxophonist from Haina, Victor Soto Canela. Discussing Jazz in Haina, with music students from the arts high school, professor Manuel Feliz Peña, in the Cultural Classroom of this center, with the participation of the musician Hedrich Baez and the cultural manager and journalist Angel Rafael Feliz. And as moderator Emmanuel Ventura, producer and announcer.

We held the Haina Paint the Colors of Jazz collective, with the participation of 15 Haina artists and guests. The exhibition was presented at the Haina House of Culture and then at Abad Gallery in the colonial zone in the city of Santo Domingo. The plastic artists who participated in the exhibition are: Anny Concepcion, Andres Montero, Arelis Castillo, Carlos Redman Rosario, Domingo Soriano,

Epifanio Hernandez, Isaac Grullon, Issandri Grullon, Jorge Candelario, Kendy Peguero and Melvin Magdaleno de Haina, guests; Milder Sait-Fleur from Haiti, Ana María Hernandez (D.N) and from San Cristóbal Ivan Benzant, Juan Antonio Capellan.

For the first time, a master class was held for music students in the municipality of Cabral, in the province of Barahona, with the participation of the percussionist Edgar Molina and the composer, arranger, musician and researcher, Tonè Vicioso. This activity was carried out at the Francisco Amadís Peña high school.

In the year 2023, we carried out: Conversing Jazz in Haina, is an educational activity, where musicians share their experiences with young music artists from the Professor Manuel Feliz Peña arts educational center, in the Bajos de Haina municipality. Daroll Mendez bassist and Moises Silfa percussion were the musicians who participated in this event.

Throughout the month of April of this year, we opened on April 1st, the exhibition Haina Pinta los Colores del Jazz, at LG Social Club, in the Bajos de Haina municipality, where various personalities from here gathered at the exhibition. On this occasion, 12 works by visual artists from Haina and two guests were presented.

Haina de Jazz, forms part of the community and is also an Organizational Partner in the digital platform for the celebration of Jazz Day each year, "International Jazz Day is possible thanks to the voluntary efforts of organizers at all levels of civil society in more than 190 countries around the world. Whether small or large, organizations have an important role to play in facilitating the global celebration, lending their resources and accumulated experience to curate multifaceted programs that have a significant impact on the local community.

Haina de Jazz is an Organizational Partner on the digital platform for the celebration of Jazz Day each year.

JenD: Tell us about Haina de Jazz outside of Haina (since they have started making events to other communities in the country).

ARF: The first concert outside of Haina, we performed in the municipal district of Quita Sueño which, despite being part of the Bajos de Haina municipality, is an independent political district, which has a town council, a director, a vice director and three vowels. There we have performed two jazz concerts. One in 2018, where: Josean & Tumbao, the Martez Brothers and Dr. Paul Austerlitz participated and the one in 2022, with the participation of Josean Jacobo and Trio, as well as Macusa Salves and Atabales.

In 2021 we held a concert for the first time in Cabral, a municipality in the Barahona province. At this concert, the Hermanos Martez, the musical band from the town of Cabral, and the Sur Band performed on stage.

In 2022 we held a master class for the first time, within the framework of International Jazz Day, with the participation of Toné Vicioso and Edgar Molina.

On Saturday, July 29, we held the "Haina de Jazz en Rincón" concert with the participation of Toné Vicioso and Aumbata, Cabral's musical band and the bachatero Janico Freidan Feliz (Pepeco).

JenD: To date, what have been the most satisfying moments in these efforts?

ARF: The first jazz concert, which began to be organize in August, to be held in December, was quite a challenge and we set out on our way. The concert of the year 2018 in Quita Sueño, which was held outside of Haina for the first time and the concert of the year 2020, which was held in the middle of the COVID-19 pandemic and we were all in quarantine. Also, the organization of the jazz concert in Cabral, which was quite a challenge.

JenD: Tell us about your experiences with group presentations in the municipality of Haina.

ARF: One of the lines of action for work, permanence and sustainability over time, is the formation of a jazz band, a trio, a quartet, or one of the variants that can be organized and have one made up of musicians from the municipality.

The necessary steps have been taken; but the time has not yet come. There is much hope to make this goal a reality.

I had previously pointed out that on one occasion the "Haina Big Band Jazz" led by saxophonist Víctor Soto Canela was formed. This project only managed to make a single presentation.

With the Martez brothers, we have made several presentations throughout these nine years and they were the first band that accompanied us to share with other groups at the Cabral concert, in 2021.

At the Haina Jazz concerts, we have had groups from the municipality of Haina, such as: the children's chamber orchestra of the Refidomsa Foundation, the children's salves and atabales project of the Yogo-Yogo paleros group, the Yogo-Yogo paleros Yogo, the New Soneros of Haina and Macusa salves and atabales.

Angel Rafael Feliz and the friends of Haina de Jazz joined the celebration of the anniversary of International Jazz Day for the first time in April 2017 and from that first contact, they have been present in the UNESCO program, maintaining activities dedicated to the promotion and education of jazz in their municipality. It is a praiseworthy work that must be highlighted, since Ángel and the team manage to share and exchange with their friends in Haina about all these activities linked to gender.

Before starting with this third and final installment, I want to thank Angel greatly for his time, for his interest in this dialogue, for his enthusiasm in bringing jazz to Haina and other communities and, especially, for the friendship that unites us.

Jazz en Dominicana (JenD): How do you think Haina de Jazz has been developing and how has it grown?

Angel Rafael Feliz (ARF): Although Haina de Jazz has on the "shorts" that many have looked at, it has become a reference. We said we're building a jazz audience and we're doing it.

Every year we have sponsors who believe in the work we have been doing in the community and others join because of the references they have seen in newspapers, on social networks, through a comment made or through letters requesting sponsorship, where many times they are unaware that in Haina there is a level jazz concert.

Your incorporation into the International Jazz Day festivities throughout the month of April, the promotion of the genre in the media and the support we have had from fellow journalists, in their radio, television programs or on some digital platforms. Haina de Jazz has received several recognitions that reflect the work we are doing and positioning the Bajos de Haina municipality as a stage where jazz takes place.

The letters of support from UNESCO thanking us for our participation since 2017, in the activities promoting the genre and in the screening of Haina de Jazz, within the framework of the celebration of International Jazz Day in our municipality.

In 2017, Visión Héroes recognized Haina de Jazz as the youth event of the year, "for promoting good customs and the rescue of values with its actions." These awards are awarded in the Bajos de Haina municipality to institutions and personalities that carry out activities of importance to the population.

The recognition of the municipal council in delivering Resolution 9-18, which declares Haina de Jazz as a distinguished organization of the Bajos de Haina municipality and declares the first Saturday of December of each year as Jazz Day in Haina.

On May 3, 2021, Jazzomanía presented the Chuchi Gonzalez Award for Jazz recognition to Haina de Jazz, "As an institution of the Haina community, for its efforts and successes organizing Jazz events for more than 7 years in the community of Haina. "Haina."

In May 2021, the XXIV Fradique Lizardo Art and Culture Awards, in San Cristóbal, recognized Haina de Jazz in the Cultural Show category, "for her contributions and outstanding work in the dissemination of jazz, elevating musical culture and pride of the municipality of Haina at the national and international level."

These recognitions, the support of sponsors, the public and with the support of the local and national press, the visits to spaces specialized in jazz and variety programs, are unequivocal signs that show that we have been making progress in the dissemination of a musical genre that was not consumed in the Bajos de Haina municipality.

JenD: What kind of balance do you look for between national artists and those from the municipality?

ARF: For an audience like that of the Bajos de Haina municipality to be able to understand jazz, they must be played with native rhythms that they know and can associate with jazz. When one of these bands performs a merengue, a pri-pri, sarandunga, salves or reggaeton, this audience connects immediately.

We have made the introduction with some saxophone solos, a drum, guitar and saxophone trio, a percussion solo, so that the audience gets involved with jazz, from the sounds and interpretations that they know.

The master classes that we take to educational centers, discussing jazz and other meetings, have allowed us to gradually provide a look at jazz that extends to popular levels.

Opinions.

JenD: What role does the press play (written, radio, television or digital) or how important is it for you, your projects and these events?

ARF: The national and local press has reviewed the work we have been carrying out tirelessly over these nine years. Where they have titled what they have written about Haina de Jazz, for example: "jazz found its home in Haina", "Jazz night in the center of Haina" "In Haina they pay tribute to the greats of jazz" "Haina in the celebration of International Jazz Day" "Haina, music and culture of peace" "Jazz in the

Bajos de Haina" "Jazz has arrived in the south of the Dominican Republic."

If you put Haina de Jazz in the Google search engine, YouTube or other search engines, you will find the history of this proposal, from its first concert to the most recent. And the activities we have carried out within the framework of International Jazz Day. National or provincial digital portals echo the work we have been doing in the Bajos de Haina municipality.

JenD: How do you see jazz at the moment in our country? How do you see it on a commercial level?

ARF: Jazz in our country has been increasing in the taste of an audience that did not exist 10 years ago, since it has been reaching places never imaginable in the national territory, there are new programs that disseminate the genre and other spaces have been opened that give jazz concerts.

This openness allows exponents of the genre to develop their skills with their instruments and have a demand in these various spaces. Fusing native Dominican music and marketing these songs well can guarantee economic stability for these musicians.

JenD: And what do you think of our musicians?

ARF: Many are extraordinary musicians, for example, Jhon Martez and others who have had the opportunity to go to the National Conservatory of Music and/or participate in the Berklee Collage of Music scholarships or enjoy the master classes that that entity develops in the country for said students.

The graduated musicians are excellent, with depth in their executions, and exemplary discipline. There is a good future in the Dominican Republic for jazz and our native rhythms.

JenD: What do you see as the next frontier for you? For Haina de Jazz?

ARF: Well, Haina de Jazz aims to expand its actions to other towns in the southern region. A better connection with musicians and cultural managers of the Republic of Haiti and together direct some cultural exchange projects within the framework of the jazz genre. Also, take our proposal to the Dominican diaspora in the United States, specifically New York, New Jersey and Connecticut.

JenD: What plans are there for Ángel Rafael Feliz in the remainder of 2023?

ARF: Organize and promote the concerts "Haina de Jazz en Rincón" and Haina de Jazz on its ninth anniversary. Complete the necessary documentation to present the statutes of the Haina de Jazz Foundation to the competent authorities.

JenD: What else would you like to share with our readers?

ARF: Just to say that, Haina de Jazz began the necessary steps for the constitution of the Haina de Jazz Foundation, we already have ready its statutes and the Certificate of Registration of Commercial Names, from the Directorate of Distinctive Signs, from the National Office of the Industrial Property (ONAPI).

We have formed the work team that will allow us to go further with our development plans in favor of the jazz genre and in favor of placing the Bajos de Haina municipality at another level, in front of the country and in front of the world.

----- 0 -----

The QR above will take you to enjoy the live presentation of the xxxx group in the 20xx version of Haina de Jazz

Ivan Fernandez

----- 1 of 2 -----

Since we started in 2006, we have published interviews with various actors in jazz in our country, with the goal of making our musicians known, those who live here or abroad; to musicians who have come to participate in a concert or a festival in our territory and to other important actors, such as producers of radio programs, festivals, concerts, and events.

My friend Ivan Fernandez is one of the most active promoters and producers of events in our country, as well as radio programs; whether they are massive events at the Olympic Center, concerts at the Teatro La Fiesta of the Hotel Jaragua, in addition to its International Jazz Festival Restauración; whether they are rock, latin pop, merengue, salsa, Brazilian music and, of course, jazz. The truth is that

Ivan brings it, as long as it complies with being an excellent proposal.

Ivan was born in 1953, grew up in Ciudad Nueva, studied at the San Judas Tadeo and Calasanz schools, and high school at APEC. Over the years he has worked in the area of marketing and advertising, as well as in the Licoreras Bermudez and Barceló rum houses, then in commercial production at Videotel and Chea Film and, of course, in the arduous work of bringing artists to our country. . Ivan tells us that, "music is 85% of my life."

Since 1982, Ivan has been venturing into the production of quality events. He has brought famous artists such as Gato Barbieri, Arturo Sandoval, Eumir Deodato. Bobby Sanabria, Air Supply, English Beat, Sergio Mendes, Nestor Torres, Roberto Perera, Airto Moreira, Flora Purim, Chick Corea, Bob James, John Patitucci, Special EFX, Jon Secada, Kansas, Alphaville, Pep Shop Boys, Michael McDonald, Dave Grusin, Lee Ritenour and Chuck Mangione, among others.

Recently we were enjoying an excellent outing and, while enjoying jazz, a good rum and some cigars, we talked about his life in show business. I am very grateful for the time he dedicated to this. What follows is the first of two parts of the result of our extended chat.

Jazz en Dominicana (JenD): Who is Ivan Fernandez, according to Ivan Fernandez?

Ivan Fernandez (IF): That is a difficult question to answer, because classifying yourself as this or that is complicated, but I will try to please you with my answer, here we go. Iván is a very restless person, I always have to be producing something, 85% is musical, I always have or try to have background music for everything. I love inventing and achieving success in what I do. I am very familiar and friendly, I am a friend of friends, supportive, condescending, creative, loving, curious. I love sports, the beach, the mountains. I am sincere, I can't stand selfishness, I am a collaborator, I love debates. Anyway, I think I'm a good person.

JenD: How did you get into the world of event production?

IF: In 1982 I was participating in the 1st. World Youth Boxing Tournament, in which I was a member of the Organizing Committee, representing the Barcelo company, which was supporting said event together with Gulf & Western. We had dinner on the esplanade of the Plaza de Altos de Chavon and there we had the opportunity to meet and see the performance of Gato Barbieri, which was preceded by that of Tavito Vasquez. I had that pleasant surprise, I made the arrangements to bring him to the country six months later and that's how my production magic begins.

JenD: Tell us about your background as an event promoter and producer.

IF: 1982, after doing the two Gato Barbieri presentations, which was just one presentation, but we were so successful that we saw the need to open another one. Both were sold out. Then we continue, 1983: Chick Corea at the National Theater; 1984: Bob James in Altos de Chavon; 1985: Sergio Mendes & Brasil 66 at the National Theater; 1986: The Producers in Altos de Chavon; 1987: Michael McDonald in Altos de Chavon; 1988: Bob James in Altos de Chavon; 1989: America in Altos de Chavon; 2003: Gato Barbieri at the La Fiesta Theater of the Jaragua Hotel; 2004: Jon Secada at the La Fiesta Theater; 2005: Lee Ritenour & Dave Grusin at Teatro La Fiesta; 2005: Skip Festival in Altos de Chavon with Kansas, Alphaville, Air Supply, and Claudio Piantini; 2006: Dj's Benoit Buddha Bar in Parque Dominico, Murano & Discoteca Santiago; 2007: DJ's Buddha Bar Ravin Taboo Bamboo; John Pattitucci at the Teatro la Fiesta; 2008: Chieli Minucci & Special EFX at Teatro La Fiesta; 2009 & 2010: Big Band Mania I & II with Arturo Sandoval & the SDJBB at Teatro la Fiesta; 2010: Gato Barbieri at the La Fiesta Theater; 2011, 2012, 2013, 2014: Nestor Torres at the National Theater, in Santiago, and at the La Fiesta Theater; 2013: Gato Barbieri at the La Fiesta Theater; 2012: Eumir Deodato & the SDJBB at Teatro La Fiesta; 2015-2016: Nestor Torres at the Teatro la Fiesta; 2015: Nestor Torres, Roberto Perera, Sandy Gabriel, Rafelito Mirabal, Chieli Minucci, Ramon Vazquez, Giovanni Hidalgo, Alex Diaz, Javier Vargas & La Banda del Conservatorio Nacional de Musica at the Festival de Jazz Restauración; 2016: at the same Festival: Socrates Garcia & his friends, Big Band, Ryan Middaym, Brad Goode, Ramon Vazquez, among others. At the 2017 Festival de Jazz Restauración: Eumir Deodato, Luis Perico Ortiz, Moncho Rios, Federico Mendez Jazz Combo, Ernan Lopez-Nussa, Sabrina Estepan, Jorge Laboy, Ramon Vazquez, the Grupo Licuado del Maestro Crispin Fernandez, among others. The 2018 version of the Festival de Jazz Restauración featured Ed Calle, Jerry Medina, Manolito Rodriguez, Orlando Cardoso, Virgilio, Pengbian Sang & Retro Jazz, Micky Creales & Flor de Fango Jazz Band. Festival de Jazz Restauración 2019: Jon Faddis, Corey Allen, Marcio Garcia, Myles Sloniker, David Sanchez, Giovanni Hidalgo, Hendrik Muerkens, Oscar Stagnaro, Joel Taylor, Gustavo Rodriguez, Pirou, Sly De Moya, Daroll Mendez, among others.

JenD: To date, what have been the most satisfying moments in this branch? With which groups?

IF: There are many moments. For example, the presentations of Gato Barbieri, who catapulted me into this world of concerts; those of Arturo Sandoval with the Santo Domingo Jazz Big Band; the Mambo Mania that we made combining local talent that does not have that sonorous name and surname like Sandoval's, but with A1 quality; those of Nestor Torres, always accepted by the public; Always spectacular Chick Corea; the chivalry of Eumir Deodato with the SDJBB & Federico Mendez Jazz Combo; Sergio Mendes, Bob James, the masterful presentation of Dave Grusin and Lee Ritenour with our own Sandy Gabriel, Chieli Minucci & Special EFX; Noches de Jazz en Las Escalinatas are very satisfying. All the shows I produce are given because I like the artists. For example, that presentation by Airto Moreira & Flora Purim...uff, plus the International Restoration Jazz Festivals that have been a dream come true. More or less those are the most important ones I have done and with the most pleasure.

JenD: What have you learned over the years in this business?

IF: Not to lose money for the simple fact of doing it without sponsorship, I can't do it, the world has changed and the same in this branch.

JenD: Tell us about your experiences with the Santo Domingo Jazz Big Band and their performances.

IF: Well, what can I tell you... the first time I had contact with them was in the Papa Molina room at CERTV in a rehearsal they had and when I told them that I wanted to bring Arturo Sandoval so that they could accompany him, they were skeptical, mainly Pengbian Sang. Within the Big

Band I had some musician friends and they talked about their positive experience of working with me and convinced Pengbian to do the Pérez Prado tribute project in which Sandoval won a Grammy. With Eumir Deodato it was also a good experience and a great result.

JenD: How and when did you start Compasillo Radio?

IF: It begins as a result of a performance in 2002 by Gato Barbieri at La Fiesta del Jaragua and the Producer, Cesar Namnum, along with the collaborators of Lunes de Jazz, Jose Isidro Frias & Jimmy Hungria. The latter called me to come talk about the concert, they liked my way of talking and asked me to join the group after the concert and from there, you know, 22 years and counting.

JenD: Compasillo Radio has been present at most of the festivals in our country, as well as many concerts. How have these experiences been of bringing festivals to the entire national territory on the radio and to the country, and to the rest of the world on the internet through www.compasillo.com?

IF: It's nice to do it. Some do not give the importance that this action deserves (those are fewer), others call us to invite us since when we broadcast between 8 thousand to 14 thousand listeners connect. We are pioneers in internet transmissions around the world and we prove that,

They tell us what country they are connected from and even the city. It has been broadcast even outside the country, such as at the famous Blue Note Jazz Club in New York, a concert from the old Newport Festival with the Ron Carter Trio, with an interview and everything. By the way, Michel Camilo could not be transmitted, and it is not yet known why.

----- 0 -----

We have reached this point with this first part of the interview with Iván Fernández. Next installment we will talk about the Restoration International Jazz Festival, his opinions on various topics and more.

Ivan Fernandez has been programming and organizing high-quality events in our country for many years. He has presented artists from various musical genres, including Gato Barbieri, Arturo Sandoval, Eumir Deodato, Bobby Sanabria, Air Supply, Sergio Mendes, Néstor Torres, Roberto Perera, Airto Moreira, Flora Purim, Chick Corea, Bob James, John Patitucci, Special EFX, Jon Secada, Kansas, Pep Shop Boys, Michael McDonald, Dave Grusin, Lee Ritenour and Chuck Mangione.

He is always immersed in his chores, whether for an event or a festival. I am very grateful that he made the time for this interview. Here is the second part:

Jazz in the Dominican Republic (JenD): How did the Restoration International Jazz Festival come about?

Iván Fernández (IF): It came about in a very peculiar way, a friend asked me to do a concert for a Foundation. It occurs to me to call Eumir Deodato, who a month ago, more or less, I was with him in NYC, he told me that he wanted to return to the country to play. I called him and he told me, "why don't you take advantage and call your musician friends and create that festival that you have thought so much about." And so the Restoration International Jazz Festival emerged, and the curious thing was that Eumir Deodato could not come because he had to participate in the Olympic Games in Brazil by opening and closing.

JenD: What mission or strategy has been outlined so that this festival lasts among those that already exist in the country?

IF: It really is the festival that has the best setting, The masterful Fortaleza Santo Domingo, called Fortaleza Ozama, cultural heritage of humanity. It was conceived to be done in that place and I don't see it outside of there, at least I have to adapt the idea of a change of venue. Only in its first version there were 9 foreign artists plus 32 Dominicans.

JenD: Why just one day?

IF: Resources are difficult, but this year I have the idea of two days, one that is our own and popular, and another of jazz.

JenD: Covid interrupted the celebration of the festival in 2021, after five versions, later, in 2022, it was not possible, will it return this year?

IF: I am waiting for permits from the Ministry of Culture …everything ready to be carried out.

JenD: How do you think the festival has been developing and how has it grown?

IF: The music that we present at the Restoration International Jazz Festival is gaining popularity among young people who, likewise, are interested in studying and manifesting jazz music, with those icons that we bring and hold master classes, we try to instill and attract young people to practice and become interested in jazz. Of course it has grown, more or less 15 years ago no more than 10 students had graduated from Berklee College of Music, today there must be more than two hundred and that makes us feel that we are achieving it.

JenD: The way you "arm" the groups is very "suis generis", how do you do it? How difficult is it for musicians to get along in a short time?

IF: That is now less complicated since the majority of musicians read and with the scores sent in advance they practice it and then when the titular musician and surname arrives internationally they rehearse, and when I say musician with name and surname it is because they have achieved it internationally. Example: Michel Camilo, Mario Rivera, Sandy Gabriel, Chichi Peralta, Raphael Cruz, Marcio Garcia, to name a few. Arturo Sandoval once told me about the Santo Domingo Jazz Big Band, that that Band had nothing to envy of Count Basie's Big Band.

At that concert, I remember you asked your Ilusha for "her hand" (Laughs)…good memories.

JenD: What kind of balance do you look for between local and international artists?

IF: Harmony and complicity and showing that we have musicians as good as foreigners.

JenD: You started the radio program Entre Notas, how is that project going?

IF: The radio program Entre Notas, which was a wish, is now a reality, since we have been on the air for almost three years, 145 episodes, with some repeated by request or due to complications in carrying it out. It takes me several hours to prepare it so that it has harmony and rhythm. We do themes such as love, ladies of jazz, bossa, instruments with piano, trumpet, sax, bass, drums, percussion, Big Band, vocalists… there are many that can be done and mainly by commenting and putting on musicians that we have brought and that have marked our lives. Likewise, we began to write down our musical concerns which will result in Entre Notas the book.

Opinions.

JenD: What role does the press play (written, radio, television or digital) or how important is it for you, your projects and these events?

IF: It is always important to have the media, whether written, radio, television or digital, which are now so important because of how versatile they are and their rapid dissemination. I come from the radio.

JenD: How do you see jazz in our country, at the level of musical genre? How do you see it on a commercial level?

IF: I think that jazz as a musical genre is at one of its highest levels due to the dissemination given to it by people like you, me and others. We are all managing to spread massively. On a commercial level it has not caught on yet.

JenD: What do you think of our musicians?

IF: Excellent, very good, some extraordinary, improving themselves every day thanks to various music schools such as the National Conservatory of Music and UNPHU. Good teachers, very advanced already and will continue to improve.

JenD: What do you see as the next frontier for you?

IF: A frontier for me does not exist, what happens is that resources can no longer be spent as lavishly as when you were younger and without that burden of family commitments. I am more cautious when doing so. These crazy things that one does betting on good music and jazz is not so easy for me today.

JenD: What plans are there for Iván Fernández in the remainder of 2023?

IF: Keep working, manage to have the Festival, more cigar tastings and some other invention that occurs to you.

JenD: What else to share with our readers?

IF: Ask you to continue supporting the events, to our musicians to continue training and thus achieve the desired success and public acceptance. Thank you very much, Fernando, for allowing me to express myself and for your invitation, a big hug to all your readers.

----- 0 -----

Clicking on the above QR code will take you to the presentation of Roberto Perera playing "Vení Conmigo" with Rafelito Mirabal and Sistema Temperado at the Restauración International Jazz Festival on August 15, 2015!

Bryan Paniagua
----- 1 of 2 -----

I have always said that the future of our jazz is in good hands, and I have wanted to, through several of the interviews, introduce you to young people who are working hard to be the next players in the genre in our country.

On this occasion, I will do two interviews with two outstanding human beings as jazz players. They are brothers Bryan and Eliezer Paniagua. I met both of them through the performances of the ensembles of the UNPHU International School of Contemporary Music in the various live jazz venues of Jazz en Dominicana.

I will start with Bryan, the older brother, who is an independent musician who started at the CanZion Dominican Institute at the age of 15, his passion for music grew there, then he graduated with honors and continued studying at the National Conservatory of Music. From there he went to UNPHU in 2016, studied 6 months at the Hochschule Für Musik und Theater Hamburg (HFMT) in 2018, then graduated cum laude with a Bachelor of Contemporary Music.

He has collaborated with Joel Montalvo & Tribu Urbana, Néstor Ortega, Samuel Reyes, Johan Paulino, Jose Virgilio Peña Suazo, Joshy & 4jazz, Eric Litman, Oscar Micheli Trio, Rafael Solano, Nini Caffaro, Amaury Sanchez, Manny Cruz, 4 in Tune, 95 Norte, Gustavo Rodriguez, Michael Langkamp, Gerson Arvelo, Federico Mendez, CanZion Band, Mercy Group, Rose, Gadiel Espinoza, Alfredo Balcacer, Maridalia Hernandez, Anthony Jefferson & Corey Allen Quartet, Sony xperia's release in Dominican Republic, Pavel Nuñez, the musical Mariposa de Acero (Waddys Jacquez, Honey Estrella, Nashla Bogaert), Raul Di Blasio, Adalgisa Pantaleon, and Diomary La Mala, among others.

Recently, Bryan and I met in the Lounge of the Dominican Fiesta Hotel, prior to one of his presentations at the Fiesta Sunset Jazz, to conduct this interview, which we publish in two parts.

Jazz en Dominicana (JenD): Who is Bryan Paniagua according to Bryan Paniagua?

Bryan Paniagua (BP): Bryan Paniagua is someone very disciplined, focused, with very clear goals and conservative, open to absorbing any information that is useful and very fearful of God and his teachings.

JenD: How did you get started in music? Why the battery?

BP: It all started in the church at the age of 14, as I have said on other occasions when I saw the drums it was like love at first sight, I remember that I was a baseball player and in a service I saw a drummer named Adrian Recio, He was the first to give me some lessons, I liked the classes so much that I gave up baseball and instead of getting up early to run, I began to practice a lot of time alone with a homemade "drums" that I remember that the snare was a notebook and the hi-hat a pillow; Then, my dad bought me a new drum set and that's when this whole musical adventure began.

JenD: Who has influenced you?

BP: My parents, my circle of close friends and teachers.

JenD: Your brother Eliezer is a musician too. What was it like growing up and walking together in music? Is there rivalry between you?

BP: Very funny indeed. He started before me, but it has been very rewarding, we rarely disagree on anything, and working together has strengthened our brotherhood. As for rivalry, there is none, because we have very different interests; rather, they are interests that greatly complement us.

JenD: What is your opinion of your brother as a musician?

BP: As a musician, he is one of the best I have seen in my career, I am not saying this because he is my brother, it is just that he plays many instruments and plays them correctly.

JenD: How did you start your studies? Where and how were your studies?

BP: I began my formal studies at the CanZion Dominican Institute, then from there I went to the National Conservatory of Music. Afterwards, I spent a few years at the UASD, I participated in the Berklee programs in Santo Domingo, in 2016 I began my studies at the International School of Contemporary Music at the UNPHU and I went to Germany to the Hochschule Für Musik und Theater; Then, I came back and got a degree in Contemporary Music with a mention in Performance.

JenD: Who were the teachers that helped you reach the levels you are at?

BP: One of the teachers who has been very influential for me is called Gerson Arvelo. With him I learned to be disciplined, focused and above all a good person. Another great influence is teacher Corey Allen, one of the teachers who influenced me the most at UNPHU, he taught me about harmony, arrangements, etc.; and he taught me about the business and how a musician should handle himself and be professional. Another has been Federico Méndez, I have deep gratitude for him. Thanks to him, I entered the professional music circuit and was able to exploit my reading skills.

Other teachers are Hussein Velaides, Toné Vicioso,

Gustavo Rodríguez, and one that I want to mention is Teresa Brea, with her I learned to manage myself and have diplomacy.

JenD: What has the International School of

Contemporary Music meant to you?

BP: It is my alma mater, where I made myself known, where I was able to exploit my potential, grow, and be the professional that I am today.

JenD: What did it mean to you to have participated in the exchange between the UNPHU School and the Hochschule für Musik und Theater of Hamburg in Germany?

BP: For me it was the most important musical and academic experience of my career. There I was able to explore so many cultures, points of view, above all I was able to establish and strengthen my identity as a person and as a musician.

JenD: Besides jazz, what genres do you like?

BP: I really like rock, alternative music, gospel, nu metal, progressive rock. Many people don't believe it because I perform jazz, fusion, Latin among others; But imagine, I am a former champion athlete in several disciplines, and that energy is still there and I express it in rock and its derivatives.

Thus we arrive to the end of the first part of our meeting.

On April 21 of this year, the formal debut of the Bryan Paniagua Trío was held at the renowned venue Fiesta Sunset Jazz.

I wrote the following about the concert:

"For jazz fans in the country, as well as for the Fiesta Sunset Jazz, it is a great joy to witness the birth of a new project, of a new group. Last Friday, April 21, just a few days before celebrating a new anniversary of International Jazz Day, the Bryan Paniagua Trio debuted. drummer Paniagua, who has performed on many occasions as part of various groups, came out on stage at the renowned space leading his own project, accompanied by Roque Deschamps on guitar and Eliezer Paniagua on bass. The group delivered a balanced repertoire that included Bryan's original compositions, Climax and Night in Germany, and contemporary jazz pieces with original arrangements, such as Odd Elegy by Dhafer Youseff and Bandits by Nir Fielder. The result was an excellent night of modern, progressive and high-quality jazz."

Let's now continue on to the second part of the interview.

Jazz en Dominicana (JenD): How has playing many styles and genres with various groups helped you?

Bryan Paniagua (BP): It has helped me a lot, especially to understand the business. I mean, I would love to "rock" every day, but business is business and I have to adapt to supply and demand.

If they call me to play X genre, I will do my best to meet the demands of those who hire me.

JenD: Name some of the groups you've played with, their styles or genres, and what were they like for you?

BP: I am currently working on the musical Mariposa de Acero, I really like this project, working with Waddys Jáquez and Pablo García is a pleasure, especially because of the work system and professionalism. This project is super varied, it has bachata, merengue, pop, rock, jazz, salsa, rap, you practically have to have all the genres by the book.

Also with Gaby De Los Santos. I love this project, it is practically a family and an album will soon be released that is exquisite. It's alternative rock, but it has a very strong identity of ours.

And with my jazz trio.

JenD: Do you practice a lot? What routines do you use and recommend to improve musical skills?

BP: I practiced a lot. The time to practice 8 and 9 hours has passed, now it is time to play, innovate and provide good music. My recommendation is to practice as much as you can when you are in the study stage, as if there were no tomorrow, because when you are in several projects there is no time. I spent 10 years practicing 8 to 9 hours from Monday to Friday, and today it has helped me a lot.

JenD: What musical albums have influenced you?

BP: Imaginary Day - Pat Metheny; The Beautiful Letdown – Switchfoot; Gently Disturbed - Avishai Cohen; Suspended Sea - Alfredo Balcacer; Unstoppable Momentum - Joe Satriani; Until We have Faces – RED.

JenD: What music are you listening to these days?

BP: These days I have been consuming a lot of fusion, such as Yasser Tejeda, Robben Ford, Pat Metheny, among others.

JenD: What has the experience of writing music been like? Is any already recorded?

BP: It has been a beautiful experience because there I have been able to express my identity and my own style. There are arrangements and compositions on my YouTube channel. The channel is called Bryan Paniagua.

JenD: Is there an album on the way?

BP: Yes, possibly at the end of next year.

JenD: You have your own musical project. Tell us about it.

BP: I'm working hard in my recording studio BPM Studio.

It is an ambitious project with the purpose of promoting remote recordings and online education, it also seeks to promote compositions and arrangements by various artists and be an alternative for young producers.

JenD: For you, what is Afro Dominican Jazz? Does Afro Dominican Jazz exist today?

BP: It is jazz with influences of Dominican rhythms; but in my opinion, it is difficult because it is beyond playing chords with a drum. Getting to that perfect balance takes time and a lot of exploration. I can cite Josean Jacobo, Isaac Hernández, Alfredo Balcácer, Yasser Tejeda and Toné Vicioso, in my opinion, they achieved that goal. Are there more exponents? Of course.

JenD: What is your opinion on the state of jazz in our country?

BP: I see a great future and my generation works very hard to continue carrying it forward.

JenD: Answer the first thing that comes to mind. Bryan Paniagua.

BP: Discipline.

JenD: Eliezer Paniagua.

BP: Brotherhood.

JenD: UNPHU.

BP: Hard Work.

JenD: Hochschule für Musik und Theater of Hamburg, Germany.

BP: Overcoming.

JenD: What do you see as the next stage of music for you?

BP: Play outside the country again and take the Paniagua dynasty to another level, beyond playing.

JenD: What other plans are there for Bryan Paniagua in 2023?

BP: I am currently a teacher at the Las Americas Technological Institute in the area of sound and multimedia, I really like what we are doing with the new generation in terms of sound and I am currently happy with the results.

JenD: What else would you like to share with our readers?

BP: Look, I command you to strive and be brave; Do not be afraid or dismayed, for the Lord your God will be with you wherever you go. Joshua 1: 9.

98 FERNANDO RODRIGUEZ DE MONDESERT

I tried hard, I was brave and I put my career in the hands of the Creator who I believe is called Jesus Christ.

Thank you Fernando for this wonderful opportunity to share a little about myself.

----- 0 -----

The QR above will take you to the Bryan Paniagua Trio presentation on YouTube:

From the Dominican Republic, Jazz en Dominicana and the Bryan Paniagua Trio present the original arrangement Odd Elegy (Dhafer Youseff) for our friends at the New Orleans Jazz Museum on the occasion of International Jazz Day 2023!!

Eliezer Paniagua

----- 1 of 2 -----

Days ago I published the interview with Dominican drummer Bryan Paniagua. In the introduction I wrote, "on this occasion, I will do two interviews with two outstanding human beings as jazz players"... Well, today we share with our readers the meeting I had with Eliezer Paniagua, the youngest of the Paniagua Martínez musician brothers.

Eliezer is a musician, composer, arranger and producer. He is a native of Santo Domingo. He began his musical studies at the age of 12, with the saxophone as his main instrument. At the age of 15 he began to get involved in professional music, which, over time, has given him experience playing in events of great importance in the country, among which are the Restauración International Jazz Festival, the Santo

Domingo Jazz Festival at Casa de Teatro, in addition to accompanying artists such as Rafael Solano, Danny Rivera, Maridalia Hernández, Jacqueline Estévez and Manny Cruz, among others.

He has played under the direction of important musical directors and producers such as Manuel Tejada, Alfio Lora, Federico Méndez, Pengbian Sang and Amaury Sánchez, and others.

As part of his musical education he had the pleasure of studying at the Hochschule Für Musik und Theater Hamburg (HFMT), through an inter-institutional exchange with the UNPHU, receiving teachings from important European musicians, among whom are Siete Felsh and Wolf Kerschek.

As with Bryan, the interview will be published in two parts, and here we start with the first of two.

Jazz en Dominicana (JenD): We begin the interview by asking, who is Eliezer Paniagua according to Eliezer Paniagua?

Eliezer Paniagua (EP): I think I consider myself a person in constant search to be better every day with everything and everyone around me and, above all, a person who has God in first place for everything he does.

JenD: How did you get started in music?

EP: I really think it was between the ages of 8 or 9. I started playing percussion in the church where I still congregate. I always felt and still feel very inclined towards percussion instruments. Then, when I was 11, my dad bought me my first saxophone, after which he started a roller coaster ride in relation to my growth as a musician.

JenD: How do you get into both bass and saxophone and which of the two do you prefer more?

EP: There is a difference of 12 years between both instruments. I started with the saxophone after seeing the person who was my first inspiration, his name is Omar "Omarcito" Cabrera. He rehearsed a merengue repertoire with his father and other musicians on the marquee. Once I saw them playing the merengue "Los Algodones", upon hearing him play the introduction of it, I fell in love with the saxophone to this day.

I took up the bass at a fairly difficult time in my life, since I had a somewhat forced break in music, I say forced because it was in 2020, the year in which everyone had a change in their life. In my case I fell into a semi-depression and left everything that had to do with music. It was truly one of the most difficult moments of my life in relation to my love for music; Shortly after I left everything, I had an opportunity to buy the bass I have. The bass was the instrument that allowed me to stay tied to music, since I took it as a challenge, I wanted to learn a number of repertoires that are very demanding and without realizing it I was studying up to 6 hours a day.

Saying which of the two instruments I prefer will depend on the mood I wake up with every day.

JenD: Who has influenced you?

EP: My parents have always been the main driving force, Omar "Omarcito" Cabrera, my brother Bryan Paniagua, my friends with whom I started music, Federico Méndez, Gerson Arvelo, Eduardo Albuerme and Weily Alcequiez.

JenD: Your brother Bryan is a musician too. What was it like growing up and walking together in music? Is there rivalry between you?

EP: I think it is still one of the most fun things in my career, I have always said it and I maintain it, playing with my brother allows me to explore the minimum ideas that I have in my head. We have really spent most of the most important moments of our career together, and I don't mean important to playing with high-profile people, but to the moments that marked us as the musicians we are now.

There has never been rivalry between us, our parents always taught us to be very united and until today it has been like that, to levels that we still teach each other the minimum project that we do individually as if we were the children we were when we started this path.

JenD: How and where did you start your studies?

EP: I started with Omar Cabrera in my first year with the saxophone, after that I went to the Narciso González cultural center with Professor Claudio Reyes, that's when I started my music reading studies and continued my saxophone studies. Then I went to the Canzion Institute, where I had one of the most fun academic experiences of my career: when I was about 12 years old, we were already experimenting with music by Chick Corea, Avishai Cohen, among others... Canzion was actually where I had my first direct contact with jazz. Then I went to the National Conservatory of Music, then I went to the International School of Contemporary Music at UNPHU and then I went to the Hoschule für Musik und Theater in Hamburg.

JenD: Mention the teachers who helped you reach the levels you have reached today.

EP: Eduardo Albuerme, Gabriel Parra, Fiete Felsch, Federico Méndez, Pengbian Sang, Corey Allen, Gerson Arvelo and Teresa Brea.

JenD: What has the International School of Contemporary Music meant to you?

EP: Music school was the place that allowed me to find a new family in music. This became my second home, when we started college, those of me in my class lived 10 to 12 hours together. That group, together with the teachers, almost became a family. School is my main catapult to be who I am today.

Currently I have a very strong position in the music school before all the new students who have entered and before the generations that entered after mine; And they have to be good, they cannot let the level drop that we leave a group of students thirsty for knowledge and wanting to be better every day. Maybe it sounds arrogant, and it may be, but I am an advocate that "everyone in life has to try to be better every day", and I don't mean to surpass the classmate or teacher, nothing to do with it, I mean to know all our limits and try to overcome them. This is what I try to cultivate in those boys who are growing up at school.

----- 0 -----

This is where we come to end the first part. In the next one we will be talking about the genres that Eliezer likes to play the most, his experience with various groups, what he is listening to these days and more.

When the Eliezer Paniagua Quartet had its successful debut before a full house, last August 4, at the renowned Fiesta Sunset Jazz venue, we wrote the following words:

Fiesta Sunset Jazz presented a quartet of young musicians who have successfully accepted the challenge of being active members of the new era of jazz in the country, the Eliezer Paniagua Quartet. Those present enjoyed the varied repertoire delivered by Eliezer, his brother Bryan on drums, Diego Payan on bass and Cuban Kevin Arrechea on piano, plus his special guests. Widely applauded throughout the night, the group expressed a defined sound, of exquisite musical maturity, in which the complexity of the harmonies, textures and rhythms of jazz fusion, neo-soul and other similar styles, reigned. throughout the concert. It turned out to be a night in which everyone witnessed the growth of this youth that is present, through such a sincere expression of their art.

With this brief review we welcome our readers to this second and final part of the interview with Eliezer Paniagua.

Jazz en Dominicana (JenD): What musical genres do you like and why?

Eliezer Paniagua (EP): I am a lover and defender of merengue, bachata and salsa, from playing it, dancing to it, listening to it, I am really a crazy fan of these genres. I'm equally crazy about the bolero. Despite trying to play jazz and all its denominations, I can say that the music that really makes me feel fulfilled is Caribbean music. However, jazz has marked a before and after in my criteria for music, to levels that have influenced my style of composition and arrangement of Latin music with all the resources that I have learned from jazz.

JenD: How has playing so many styles and genres with various groups helped you?

EP: It has helped me a lot with versatility. The artistic scene of the Dominican Republic leads all musicians to be versatile, this country consumes many musical genres and styles and we musicians have found ourselves in the need to learn to play them all. I consider that this is something that adds a lot to all musicians.

JenD: Name some of the bands you've played with.

EP: Retro jazz, Fede Méndez Jazz Combo, Maridalia Hernández, Santo Domingo Philharmonic, Dominican Wind Orchestra, Eumir Deodato, Corey Allen, among others.

JenD: Do you think you already have your style, your sound?

EP: I have never really felt anywhere close to the "sound" that I would like since I live in a constant search for new sounds and colors.

JenD: Do you practice a lot? What routines do you use and recommend to improve musical skills?

EP: I'm not really the most practicing musician or anything like that. I always try to have clear objectives in my practice time since it is very likely that I will get bored of the monotony of doing the same thing countless times. I believe that one of the things that every musician should do with the greatest possible criteria is listen to music, you have to listen to a lot of music, that is the only thing that can allow clear and conceptual growth in each one.

JenD: What does it mean to be a member of Retro Jazz?

EP: A goal achieved. Retro jazz was one of my Dream gig when I started the world of music. I really feel very privileged to be part of that incredible group, and above all I feel lucky that Pengbian and everyone in the group accepted me with such warmth and willingness to help me be better every day.

At the same time I feel an immense responsibility since from the beginning I have always seen myself with the commitment to honor the first saxophonist of the group, he was a great influence for me because since I started in the professional world, he was always by my side, advising me and helping me to be the professional I am today, I am talking about the great Gury Abreu (EPD).

JenD: What albums have influenced you?

EP: I think if I mentioned an album I would be lying to you but I do have pieces that have greatly influenced my style of playing. Among these I can mention African Skies, album Out of the loop, The Brecker Brothers; Flight, Multiplicity album, Dave Weckl Band; Hide and Seek, Freedom in the Groove album, Joshua Redman, among others.

JenD: What music are you listening to these days?

EP: Right now I'm listening to three saxophonists that I'm fascinated by and I'm listening for musical growth purposes: Walter Smith III, Dayna Stephens, and Jaleel Shaw. Now, what I have been listening to lately for that other time that has nothing to do with musical studies, are José Alberto "El Canario", Issac Delgado and Gregory Porter.

JenD: Have you already composed music? How was the experience? Is any of this music already recorded?

EP: Yes, I have composed a lot of music, but I am really one of those who never believes enough in my own work as a composer and for the same reason I have not recorded anything of my own.

JenD: Is there an album on the way?

EP: In the short term I have no plans, but in the medium term I consider that I could surprise with an EP.

JenD: Tell us about your musical project.

EP: Thank God I was able to find a group of crazy people like me who are not afraid of my crazy ideas and with them we have the quartet. When we play, it is inevitable not to be able to smile because of the incredible emotion of playing together.

JenD: How do you see the talent that is preparing for the future?

EP: I really feel very concerned about the talent that is on the way for the DR music industry, since I feel and see that they have minimized too much discipline in them. I equally feel and see that brass players (trombonists and trumpet players) are becoming extinct to some extent in the country. I really hope that sooner or later a generation of musicians will arise willing to devote themselves properly to this beautiful career of music.

JenD: Does Afro Dominican Jazz exist?

EP: For me Afro Dominican Jazz is the fusion of the jazz that we all know with our Dominican music. And yes, Afro Dominican Jazz exists, not in the way I really would like, but it does exist.

JenD: What is your opinion on the state of jazz today in our country?

EP: I feel that, currently, jazz in the country is a reality that for many years was managed among a very small group of people. But now it has reached places that years ago one would never have imagined. Although I see that there is no future generation wanting to continue the legacy they have left in us. I trust that, sooner or later, there will be musicians who decide to continue the legacy they have been giving to us.

JenD: Answer the first thing that comes to mind.

JenD: Eliezer Paniagua.

EP: A person who fights for the well-being of others before that of himself, who loves and looks for the slightest reason to enjoy life with his loved ones and a super psycho-rigid person since he has an instrument in his hand.

JenD: Bryan Paniagua.

EP: The most disciplined person I know on the face of this earth and my companion in a thousand battles.

JenD: UNPHU.

EP: My second home.

JenD: Hochschule für Musik und Theater of Hamburg, Germany.

EP: The one that marked a before and after in my life, and I mean in every sense.

JenD: What do you see as the next stage of music for you?

EP: Exploit my capabilities as a multi-instrumentalist.

JenD: What other plans do you have for 2023?

EP: Possibly the release of a single that I am working on with the woman that God put in my life to support all my crazy ideas without saying a single "but."

JenD: What else do you want to share with our readers?

EP: The only thing I want to add is something that my mother, since my brother and I started music until today, has always told us: all you are, all you have done and are going to do is, It was and always will be by the mercy and grace of God.

----- 0 -----

For my part, I am very grateful to know and share with Eliezer, a worthy representative of a youth who has earned the right to be heir to our jazz legacy, to be a relay tower for our jazz, of which many of us feel very proud, because it is in very good hands.

Thank you for that and for your time Eliezer.

----- 0 -----

The QR above will take you to Eliezer's performance on tenor saxophone at a Retro Jazz concert performing the song Pena

A Dominican Jazz Sampler - Playlist by Jazz en Dominicana

Throughout the year 2023, several musicians and groups, amongst them, trombonist Patricio Bonilla, saxophonist Sandy Gabriel, pianist Gustavo Rodríguez, drummer Sly De Moya, young trumpeter Jhon Martez, and guitarists Javier Rosario and Isaac Hernández released new record productions. These being the most recent to be added to the Jazz discography of the Dominican Republic!

The Playlist that we have prepared is made up of a selection of jazz songs performed by Dominican musicians and / or groups, and which are found in their diverse and varied record productions.

Music by, among others: Darío Estrella, Mario Rivera, Michel Camilo, Alex Díaz, Juan Francisco Ordóñez, Rafelito Mirabal & Sistema Temperado, Oscar Micheli, Yasser Tejeda, Pengbian Sang & Retro Jazz, Piña Duluc Project, Josean Jacobo, Isaac Hernández, Joshy Melo, Wilfredo Reyes, Jose Alberto Ureña, Gustavo Rodríguez, Jhon Martez, Alexander Vásquez, Sly De Moya, Javier Rosario and Isaac Hernández.

We note that this is a non-definitive selection of our Jazz. More will be added over time. We have tried to have at least one song from each musician who has released a record production.

In the QR in the image above you can enjoy the playlist through your cell phone.

The "QR" (Quick Response Code) code allows us to listen instantly, through a mobile phone or other technological device, ** Download a QR Code reader application, available in the Google Play Store, if you have Android, or the App Store, if you have Apple technology.

About the Author

Fernando Rodriguez De Mondesert

Fernando Rodriguez De Mondesert was born in Santo Domingo, Dominican Republic; at a very young age moved to the United States where he lived and went to school in Hempstead, NY. He then studied at the University of Houston and exercised his early career with Hilton Hotels until 1982 when he returned to his home country. From 1983 to 2008 dedicated to the transport and freight logistics sector; having been, among others: Operations Manager of Island Couriers/Fedex; Manager - Air Division for

Caribetrans, and Country Manager of DHL. In 2006, he created Jazz en Dominicana, and since 2008 he has been dedicated to informing, promoting, positioning and developing jazz in the country and Dominican jazz to the world.

Via Jazz en Dominicana, the cultural gestor and promoter has developed a series of products and services that complement the mission chosen for this musical genre. These include:

- Writer: He has written over 2,400 articles in the Blog; his articles have been published in Dominican national newspapers such as: "Listín Diario", "Hoy", "El Caribe" and "Diario Libre". He has a monthly column titled "Hablemos de Jazz (Let´s talk about Jazz) in Ritmo Social. He writes in the famous site All About Jazz in English. He is a member of the Jazz Journalist Association.

- Creator and producer of live Jazz venues: these have held more than 1,450 events since September of 2007. The venues currently are Fiesta Sunset Jazz, and Jazz Nights at Acropolis in the city of Santo Domingo.

- Concert Producer: The World Jazz Circuit stands out, in which great artists such as Peter Erskine, John Patitucci, Frank Gambale, Otmaro Ruíz, Alain Caron and Alex Acuña were presented; the concerts that for 13 consecutive years have been performed as part of International Jazz Day, among others.

- Liner Notes writer and producer of record

production releases. To date he has written the Liner Notes for 14 albums, and produced 11 CD release concerts.

- Others: Speaker in events and others on the genre; participation in radio programs; taking Dominican groups to international festivals; since its inception he has been a member of the panel of judges for the 7 Virtual Jazz Club Contest, in 2022 he was chosen as President of the Jury for the 7th version of the contest; among others.

- He has received multiple awards, including: the Ministries of Tourism and Culture of the Dominican Republic, UNESCO, Centro Leon, International Jazz Day, Herbie Hancock Institute of Jazz, Universidad Pedro Henriquez Ureña (UNPHU), Casa de Teatro, Festival de Arte Vivo, MusicEd Fest, in 2012 the Casandra as Co-Producer of the Concerto of the Year Jazzeando (Dominican Republic´s Oscars/Grammys).

- In 2021 he was the first winner of the Ukiyoto Wordsmith Awards

- New Orleans Jazz Museum - Creative Spaces Award, 2023

Winner of the Global Blog Awards 2019 Season II. This is now the sixth title that has published by Ukiyoto Publishing Company, the others being: *Jazz en Dominicana - The Interviews 2019* (February 2020); *Women in Jazz .. in the Dominican Republic* (February 2021); *Jazz en Dominicana - The Interviews 2020* (April 2021); *Jazz en Dominicana - The Interviews 2021* (February 2022); and, *Jazz en Dominicana - The Interviews 2022* (April 2023).

By the above mentioned, Fernando has and will continue to contribute to the culture of music, especially Jazz, in the Dominican Republic.

www.ingramcontent.com/pod-product-compliance
Lightning Source LLC
LaVergne TN
LVHW091634070526
838199LV00044B/1057